SIMPLES

Marcelo Carneiro da Cunha

SIMPLES

Editora Record
RIO DE JANEIRO • SÃO PAULO
2005

CIP-Brasii. Catalogação-na-fonte
Sindicato Nacional dos Editores de Livros, RJ.

C979s
Cunha, Marcelo Carneiro da, 1957-
Simples / Marcelo Carneiro da Cunha. – Rio de Janeiro: Record, 2005.

ISBN 85-01-07323-7

1. Conto brasileiro. I. Título.

05-2282
CDD – 869.93
CDU – 821.134.3(81)-3

Copyright © Marcelo Carneiro da Cunha, 2005

Tradução de "Psique e melão": Maria Alzira Brum

Direitos exclusivos desta edição reservados pela
DISTRIBUIDORA RECORD DE SERVIÇOS DE IMPRENSA S.A.
Rua Argentina 171 – Rio de Janeiro, RJ – 20921-380 – Tel.: 2585-2000

Impresso no Brasil

ISBN 85-01-07323-7

PEDIDOS PELO REEMBOLSO POSTAL
Caixa Postal 23.052
Rio de Janeiro, RJ – 20922-970

EDITORA AFILIADA

Simples foi escrito a partir de entrevistas e, portanto, como toda obra de ficção, ele é absolutamente real.

Esse livro foi possível porque um grupo de amigos e parceiros — Celso Costa, Guilherme e Rossana Milnitsky, Márcio Tavares, Sérgio Flessak, Marisol Valente e Vilson Dieter — toleraram o tempo importante que eu passei envolvido com esse projeto. Por esse motivo, entre tantos outros, obrigado.

Efraim Medina Reyes propôs que inaugurássemos uma nova era em literatura de ficção, criando o conceito de participação especial, um no livro do outro. Aqui, vocês irão encontrar um grande conto do Efraim, "Psique e melão", completando — na estética e no tema — a proposta de *Simples*.

Simples é oferecido para Luciana Villas-Boas, por todo o seu trabalho pela nossa literatura e pelo carinho e atenção que dedica aos autores, em particular a esse.

Marcelo Carneiro da Cunha

Sumário

1_ Simples   9
2_ Ódios   15
3_ Orgasmo   37
    feminino   39
    masculino   57
4_ Minha futura ex-mulher   59
5_ Corrente   69
6_ V1/V2   81
7_ Banco de sêmen   137
8_ Revelação   145
9_ Sumatra   149
10_ Torpedo   159
11_ Míni   163
12_ Sexo frágil   175
13_ Genética   191
14_ Google   195
15_ Rave   199
16_ Caixa de entrada   207
17_ Cinqüenta anos em cinco   251
18_ Psique e melão,   265
    de Efraim Medina Reyes

1_simples//

A garota tinha falado que sim. Tinha garantido, a gente ia sair hoje, duas semanas de quase, quem sabe, e agora um sim, finalmente. Eu tinha comprado coisas, tinha pensado em diálogos, arrumado a casa, isso tudo. Ela ligou às oito pra falar que era uma pena, mas não ia dar, quem sabe outro dia. Fiquei entre dizer que tudo bem e o que ela estaria fazendo amanhã, depois da manhã, semana que vem, mas não fiz nada disso, deixei pra lá.

Na locadora vi que eles tinham lançado em dvd o melhor filme de todos os tempos. Fui para casa com ele.

O melhor filme de todos os tempos se chama O Boulevard do Crime, de Marcel Carné, com roteiro do poeta Jacques Prévert, que escreveu mais um hino do que um filme.

Nele, Garance, como a flor, diz a Baptiste, o apaixonado, incapacitado para tudo o que não seja arte, que o amor é muito simples. A frase é tão bela quanto Garance, e tão impossível quanto ela. Ambas terminam o filme arrastadas pelo turbilhão da vida, que adora belas frases quase tanto quanto adora mostrar quanto elas não passam de belas frases.

Acredito que Einstein também falou que a Teoria da Relatividade era simples. Simples para um fóton, talvez, cara-pálida, que não precisa fazer nada a não ser se comportar como partícula e como onda ao mesmo tempo, aparentemente sem precisar de idas ao analista para aprender a lidar com essa ambigüidade.

Eu e a minha cerveja vendo o filme, com uma lágrima furtiva rolando rótulo abaixo, até conseguimos acreditar que o amor possa ter sido simples antes, quando nós, humanos, também éramos muito mais simples e morríamos de qualquer doença conhecida, ou de frio, flecha ou fome, antes mesmo dos quarenta anos de idade. Acho que os nossos avós conheciam um amor simples, muito provavelmente porque quase inexistente e quase nunca colocado à prova para valer, fora dos livros ou do teatro.

Mas isso tudo acabou. Inventamos a penicilina, o trabalho nas fábricas, o salário, a agricultura moderna; deixamos de morrer tão facilmente e passamos a ter que nos preocupar com o que fazer com a vida e, por tabela, com o amor. Ele assumiu uma porção insustentável nas nossas longas existências, agora com dois protagonistas dotados, em tese — e cada vez mais na prática —, dos mesmos poderes. Nos disseram pra irmos em frente e sermos, cada dupla formada por homem, mulher, homem, homem, mulher, mulher, o que seja, sermos maridos, mulheres, namorados, amantes, amigos, interlocutores, o que mais for, sem nenhum manual de comportamento que valha alguma coisa. E temos que fazer isso até uns setenta, oitenta anos de idade, em média.

    Como, como, como?

    Simples, nos diz Garance, bela, amoral e insensata, como a flor.

2_ódios//

Quem não me conhecer direito vai ter uma impressão muito errada a meu respeito. Isso porque eu tenho uma forma um tanto intensa de expressar os meus desacordos com as coisas, como eu expliquei pra minha psicanalista, eu comecei faz pouco, aquela coisa de sentar diante dela — nada de divãs pra mim, odeio divãs — pensando em onde começo a falar afinal?

Durante a sessão com a analista eu gosto de fazer frases que digam o que eu sou e o que eu faço de um jeito que não me faça parecer assim tão mau. Dizer que eu tenho uma forma intensa de expressar os meus desacordos, por exemplo, fica muito, muito melhor do que dizer que odeio isso ou odeio aquilo e quer dizer praticamente o mesmo. A psicanálise fez de mim um eufemista e eu odeio eufemismos. Odiava, agora ando melhor.

Quem tem sensibilidade tem ódios, é o que digo pra todo mundo, todos eles gostando dessa imagem cristã, amar ao próximo mesmo quando ele inferniza a nossa vida, sei.

Reformas em apartamentos. Faz um ano que me mudei para um novo prédio e desde então nunca se passou uma semana, uma semana que seja, sem alguém fazer alguma reforma e eu acordar, às oito da manhã, com algum operário fodido e muito, muito mal pago, colocando alguma parede abaixo, a única coisa que eles são treinados a fazer lá na Escola Superior de Construção Civil — que eles certamente freqüentaram, ou não poderiam ficar brincando com as nossas paredes e estruturas, não é mesmo? Claro que sim.

Eu odeio música do tipo que toca em rádio de táxi, axé, pagode, e especialmente odeio reggae. Nenhum preconceito, odeio todos os tipos de reggae. Odeio cigarro, e andar de táxi; comida de avião e mulheres que querem ser minhas amigas. Odeio incenso, misticismo, Paulo Coelho, BBB, filmes do Glauber, Paul Auster, o SBT todinho. Rafting, rapel, trilha ecológica, surfe, comida vegetariana, macrobiótica, florais de Bach, homeopatia, o PSTU, o PFL, PMDB, PSDB, PDT, e especialmente o PTB e aquele monte de pastor com cara de vendedor de terreno subaquático.

A pergunta é: conto isso pra garota logo no primeiro encontro, e pareço um fundamentalista islâmico, ou deixo o tempo e a experiência mostrarem o que eu tenho de pior? Essa é uma questão mais importante do que vocês talvez imaginem porque faz mais de um ano e meio que eu estou separado e vivendo sozinho, e garanto que existe uma coisa que eu odeio tanto quanto reformas de apartamentos, e essa coisa é a solidão. Ah, e também odeio fundamentalistas islâmicos. Odeio os outros fundamentalistas também, só não lembrei dos nomes deles agora, nesse momento. Depois eu lembro.

Sair com uma garota já é uma dificuldade. Ligar para ela, mandar mail, convencer que sim, é uma ótima idéia sair comigo, que sim, beleza física não é tudo, aliás, nem é importante, desde que ela seja uma gracinha e não ligue pra minha aparência. Desviar dos obstáculos naturais entre dois desconhecidos, criar e-mails que unam humor a uma certa sofisticação que não pareça esnobe; que soem como um convite e não um peloamordedeus, tudo isso para finalmente irmos, ela e eu, a um cinema e um restaurante, onde a gente comece a falar de milhares de coisas e ela não diga ao final que quer ser minha amiga — tudo isso é muito, muito, muito difícil. Achar alguém que faça tudo isso e ainda por cima seja o que eu mais ou menos busco em uma mulher há quanto tempo? Quanto tempo? Muito tempo.

E, de certa maneira, sinto que com a Marta vai ser diferente. Marta, Mati. Um pouco jovem demais, mas todo mundo é jovem demais hoje em dia. Levemente várias coisas, todas me encantam, acho. Mati.

Sikhs, KKK, televangelistas, Opus Dei, neonazistas, Deus é amor. Michigan Militia, Taliban, Partido Baath, e todos aqueles iranianos com sobrancelhas. Esses. Existem outros, só não consigo lembrar assim, agora.

Conheci a Mati em uma exposição de arte contemporânea. Odeio arte contemporânea. Não toda a arte contemporânea, só a que eu conheço. Era uma mostra de instalações criadas por jovens artistas. E fico pensando e pensando e olhando e olhando. Para que ser artista? Para que ser jovem, se já desde novinhos eles passam a estragar o mundo desse jeito? A instalação era uma seqüência de embalagens de leite longa vida. Muitas filas de leite longa vida, e claro que aquilo queria dizer alguma coisa essencial. As embalagens eram de leite integral, quero dizer. Eu olhando e olhando, pensando nessa desgraça que é não termos mais álcool líquido, agora só vendem em gel, que quase não queima e só serve mesmo pra aquecer fondue, quando escutei uma risada clara, cristalina, aquática, a coisa mais agradável, de longe, que eu tinha experimentado dentro daquela galeria, ou nas ruas e bares da cidade nos últimos dezessete meses, em toda a Região Sul ou Sudeste, em toda a minha galáxia. Mati.

Ela estava cercada por uma multidão de duas amigas — três garotas juntas formam a unidade mais intransponível do planeta — e para ser sincero ela poderia estar sozinha; sozinha, abandonada e com um cartaz dizendo "pelo amor de deus, alguém fale comigo, porque eu estou aqui justamente pra fazer contato, pra abrir meu coração a uma alma gêmea, ou pelo menos levemente parecida com a minha, almas meio-irmãs já está ótimo, mas que fale me olhando e achando que eu importe alguma coisa nesse mundo".

Claro que tudo isso não iria caber num cartaz, era metafórico. Mas mesmo que coubesse no cartaz, mesmo assim, mesmo que ela estivesse diante de mim segurando esse cartaz metafórico, eu nunca iria até lá falar com uma desconhecida. Eu tenho medo de muitas coisas, mas nada se compara ao medo de desconhecidos. Desconhecidos insistem em surpreender a gente fazendo coisas que nunca imaginamos. Eles nos encantam e depois abrem uma carteira de cigarros. Desconhecidos se apresentam, como se fossem pessoas absolutamente normais, como a minha tia Elmara, Deus a tenha; aquela mulher insípida, inodora e incolor, alguém que dedicou todos os anos de sua vida a não fazer nada que pudesse ser considerado original; querida e autêntica tia Elmara. Mas desconhecidos são uma tia Elmara de fachada, ocultam coisas e, no meio da conversa que ia tão bem, revelam que acreditam em espíritos, na verdade vêem espíritos, duendes, gnomos e outros seres inocentes. Tomam florais ao menor sinal de incômodo, acham que homeopatia é ciência. Aliás, acham que Atlântida existiu e mergulhou no oceano por desafiar os deuses. Que deuses? Ora, os deuses, dizem, olhando ao redor, para o caso de algum deles estar ouvindo a nossa conversa.

Desconhecidos são os que existem do lado de lá, e eu cuido muito para permanecer são e salvo do lado de cá, isso é o que eu faço. Fazia. Mati.

Nesse museu onde conheci Mati eu tinha preferido o lado de cá de um café bem bonito até; o pior café bem bonito de todos os tempos, eu achava, e era o único café naquele museu, nada de alternativas a não ser sentar ali e deixar o tempo escorrer. Eu estava de férias e sem ter para onde ir, ou pior, com quem ir.

Tinha estado naquele mesmo museu dias antes, em uma exposição de um artista conhecido de alguém, onde eu tinha gasto um bom tempo admirando uma seqüência de painéis de vidro translúcido apoiados a uma parede, achando que aquilo talvez fosse bom, Deus meu, arte contemporânea e eu estou gostando, ora vejam; até um cara vestido como operário surgir e começar a levar a instalação para o outro lado. Muito transgressor, e preferi testar o café deles do que descobrir se estávamos falando de uma instalação ou de alguma reforma no prédio sem saber qual eu teria preferido, por conta do meu problema atual com reformas em prédios, já falei nisso.

Agora eu tinha retornado ao museu e ao café, e pedido a carta de licores. O garçom tinha me olhado como quem olha para uma instalação e falado que não tinham carta de licores, não precisavam disso. Que licores eles tinham então, perguntei, antes de me dar conta do absurdo da pergunta, da total falta de necessidade de perguntar a alguém que não precisa de uma carta. A resposta veio imediata, fácil, e com um sorriso superior:

— Todos.

Todos. Todos os licores existentes. Todos os licores que o mundo já viu, desde a produção resinada das ilhas gregas, até as essências de Java, os segredos de conventos espalhados pela Europa, todos, todos eles ali reunidos em um café de museu. Todos.

Eu olhei e olhei para aquele garçom, pensando se aquele espécime fazia idéia do crime que cometia, da presunção da frase, da abissal ignorância daquela afirmação, quando escutei essa voz em cristal soando um pouco atrás de mim e à esquerda, um riso tão leve que pousou sobre qualquer que seja o nervo responsável por identificar e catalogar sons em algum canto do nosso cérebro como uma borboleta pousaria sobre um ramo de alfazema em mais uma metáfora de gosto nada duvidoso. Mati.

— Eles têm licores artesanais feitos no interior de São Paulo. Chocolate, menta; uma coisa engraçada que chamam de caramelo, e um maravilhoso licor de ovo, que a gente pode usar como xampu.

 Eu não sabia se me virava na direção da voz, ou não. Aquilo era bom demais para ser verdade, era bom, e isso já era bom demais para ser verdade. Uma alma sensível, uma voz com a quantidade perfeita de megahertz pra fazer vibrar meu coração.

— Eu venho aqui sempre. Não ligue pro licor. O apfelstrudel é divino. Minha avó que faz.

— Não ligar pro licor?

— Nada é perfeito, não é?

Até um minuto atrás eu concordaria. Eu acharia mesmo que nada é perfeito. Olhando bem, a pintinha que ela teria ao lado da boca e que por alguns puristas poderia ser considerada uma imperfeição, era na verdade uma partícula de apfelstrudel, que uma lingüinha de siamesa removeu para algum lugar invisível. Eu não conseguia ver nada, nada de imperfeito nela.

— Mati.

— Hum?

— É Marta. Mas nem a minha mãe zangada me chama de Marta Cristina. Ficou Mati.

Eu gostaria muito de chamar a ela somente de Marta Cristina. Era mais tempo com ela na minha boca. Que já era tudo o que eu conseguia pensar nesse mundo. Engolir Marta Cristina, nunca mais deixar que saísse.

— Mati. Bonito.

— Não, não é bonito. Mas é curto e fácil, como tudo deveria ser, não acha?

Eu não tive chance de achar muita coisa, porque Mati já sabia tudo o que havia para saber. Ela me falou que a exposição dos leites integrais era uma das muitas bobagens que tinha visto nos últimos tempos, mas a gente tem que olhar pra tudo, não acha?
Não, não achava, mas não ia falar isso e justamente para ela, claro. E agora eu sabia que precisava dizer algo que fizesse bem a nós dois:
— Eu adorei uma instalação do Christo, aquela em que ele embrulhou o Parlamento inteiro em Berlim.
Ela me olhou com olhos que eu queria para mim, e, por favor, não estou sendo metafórico — queria mesmo remover aqueles olhos daquele rosto perfeito e colocar no bolso, para ficar brincando com eles como brincava com bolas de gude na escola. Eu brincava com as bolas no bolso porque se aceitasse o convite para um jogo, inevitavelmente, perderia todas e ainda ficaria em dívida. Era sempre assim e eu já sabia: Não exponha os seus amores, não aceite provocações de desconhecidos, não aceite convites para jogar gude, porque eles, invariavelmente, irão levar a melhor.
— Você esteve em Berlim? Eu estive em Berlim. Eu amei a parte que era Oriental.
— Ao redor de Prenzlauer Berg?

— A Prenzlauer Berg. Meu Deus. Café Burger.
— Você conheceu o Café Burger?

Mati tinha passado pela cidade com amigos da arquitetura. Mati tinha conhecido um pintor que morava na Prenzlauer Berg e achado que era o cara da vida dela, e não necessariamente pela pintura. Mati tinha arrumado um emprego no Consulado do Brasil com a mesma facilidade com que tinha convencido um arquiteto de Hamburgo com escritório em Berlim de que ela era o que ele vinha buscando, uma legítima herdeira da arte de Niemeyer e Costa, ali mesmo, no escritório dele.

— Eu acho Niemeyer o ó do borogodó — falou a Mati, pelo que entendi que ela não se importava de deixar as pessoas acreditarem no que quisessem a seu respeito, desde que ela conseguisse trabalho e dinheiro suficientes para manter a ela e ao pintor em razoável conforto enquanto passava o pior do inverno de Berlim, aquela massa de ar congelado vindo direto da Polônia.

Mati tinha feito amigos, um curso de cinema e outro de fotografia, enquanto o pintor deixava de ser tão atraente e ela começava a pensar em coisas menos prussianas.

— Voltei há quatro meses, ando pensando no que fazer por aqui, ou talvez experimentar outros ares, quem sabe?

Ela poderia ir embora? Isso era horrível.

Estávamos conversando já há dois apfelstrudels e alguns tipos de café para cada um de nós — não, nada de licores artesanais de São Paulo, obrigado —, e pelas minhas contas nunca, em nenhum momento, fora a crítica ao Niemeyer, que podia ser vista como puramente estética, Mati havia falado mal ou odiado o que quer que fosse. Durante todo esse tempo ela e seu riso tinham enchido o café e parte da lojinha do museu várias vezes. Desconhecidos que passavam por perto tinham colocado as cabeças para dentro do café apenas para ouvir a voz, e eu tinha olhado para eles com o olhar de um labrador, um cocker, um pitbull, não sei qual; mas um desses cachorros que latem e incomodam e assustam e mandam embora quem passa.

As amigas tinham passado por perto, acenado e falado algo sobre se ligarem mais tarde, ela acenou de volta e não falou nada sobre ter que ir embora.

Ela me fez falar do meu trabalho e realmente pareceu interessada. Essa garota era a melhor atriz do planeta ou realmente se interessava por consultoria ambiental?

Falei da bacia hidrográfica, falei que todo mundo ainda ia morrer de tanto metal pesado na água, falei que a gente tinha uma missão de salvar a fauna, a flora, e eu iria começar a salvar o mundo bacteriano, se não tivesse subitamente me dado conta de que poderia estar indo longe demais, sempre, sempre com aqueles olhos sobre mim.

Ela devia ser algo que eu tinha lido a respeito, e nunca, nunca encontrado, em versão feminina, e isso era alguém com senso de humor e leveza filosóficos, capacidade de planar sobre as dificuldades e os obstáculos, quem sabe levando junto a mim e meus ódios.

Meus ódios. Ela não podia saber disso, nunca. Aquela fada, aquele ser diáfano não podia ver esse lado meu. Eu precisava mudar, e isso era pra já, não pra daqui a pouco, nada de ir diminuindo gradualmente a minha forma intensa de expressar desacordos, nunca, isso poderia ser tarde demais. Já, imediatamente, agora. O mundo inteiro teria que ficar surpreso e impactado com a mudança ocorrida comigo. O garçom iria poder se aproximar da mesa sem a mesma cara de medo de antes, quando fiz ameaças por causa do café. Nada disso. Nada de nada do passado, um novo eu, instantâneo e aqui, por favor.

Eu iria gostar de arte contemporânea. Iria gostar muito de escutar reggae e não ia mais querer comprar uma arma ilegal e resolver o problema de forma civilizada. Não iria mais mostrar a legislação ambiental para os operários que estivessem demolindo o banheiro de algum vizinho.

Um novo sujeito estava nascendo naquele café, àquela mesa, por favor, cuidado com a placenta. Eu iria ser mais tolerante para com as maiorias, e também para com as minorias, até mesmo porque elas tomam menos tempo e energia. Não ia mais olhar feio quando o vizinho do 1102 entrasse no elevador das pessoas levando junto o poodle branco, não iria olhar feio para todo mundo que ousasse entrar no meu, MEU bar, sem estar na vestimenta ou atitude que eu achasse adequados; ia amar a todos, menos o Diogo Mainardi; ia ser um cara insuportavelmente legal, se isso me garantisse uma chance com a Mati, melhor do que a minha chance contra meus colegas de aula no tempo das bolas de gude. Nunca me acostumei com perdas, em especial com as perdas que eu tinha o tempo inteiro.

Saímos do café direto para um show de uma cantora maranhense que a Mati me garantiu ser a décima maravilha do mundo, e eu aplaudi de pé — teria aplaudido se fosse o José Sarney. Não, não teria aplaudido se fosse o José Sarney, mas não teria jogado nada sólido nele, o que era um progresso enorme em relação ao meu antigo eu.

Do show fomos direto para um restaurante tailandês que eu conhecia e a Mati ainda não, ela pediu todos os modelos de camarão existentes na casa, para estabelecer conhecimento com eles enquanto a gente resolvia qual o melhor molho. O pessoal da casa foi até simpático e não ficou me olhando feio por conta de umas reclamações que eu talvez tivesse feito no passado. Esse era o meu ex-eu, e eles tinham percebido a diferença. O meu ex-eu não sorria quando o cozinheiro incinerava meu Phai Thai, nem ria quando um grupo de teatro amador entrava restaurante adentro para resgatar nossas almas imortais com algum texto do coitado do Lorca. O meu ex-eu era um sujeito muito mal-humorado, era o que eu percebia agora, a perna da Mati diante dos meus olhos e a uns vinte centímetros da minha mão, se eu resolvesse ousar um pouco. O meu ex-eu teria olhado para ela e tocado a perna — se ela não gostasse, azar de ambos, eu achava. O meu atual eu, novo, melhor, aperfeiçoado até o limite, era capaz de olhar a perna e olhar para os olhos, me distraindo neles, as pernas ficando para outro momento.

    Na hora de infelizmente deixar Mati em casa, estávamos apaixonados e comprometidos com o destino um do outro, mas não fui louco de perguntar a opinião dela a esse respeito, ainda.

    Não dormi, não dormi. Fiquei olhando para a lua, coisa que meu ex-eu faria com um distanciamento crítico. Fiquei lembrando das tristezas desde os bailes de adolescente, a tristeza de olhar para alguém que nunca vai olhar de volta. Fiquei pensando em como a gente se acostuma com a idéia de que nada vai dar certo, como passa a duvidar de tudo, apenas por segurança. Dormi, mas era quase manhã, e não teria dormido, se tivesse escolha. Teria ido até algum baú na casa da minha mãe, onde estariam guardadas minhas bolas de gude e minhas crenças de infância. O meu novo eu certamente saberia o que fazer com elas. Mas dormi.

No dia seguinte liguei o celular e havia uma mensagem dela. Coloquei o telefone sobre a mesa e fiquei muito tempo olhando para ele. Era um convite para um cinema, um convite. Meu ex-eu era ateu também, agora, eu lembrava, diante dessa prova definitiva da existência divina no meu celular. Que sujeito triste eu tinha sido, todos esses anos.

Liguei de volta, quando consegui controlar minha motricidade fina o suficiente para teclar alguma coisa, combinamos uma ida a um filme e, em mais uma prova de Sua Existência, ela sugeriu um filme espanhol da década de 1980 em retrospectiva, numa das boas salas do ramo. Pensei em muitas coisas sobre o passado e algumas outras sobre o futuro, sonhar é livre e algo que meu novo eu adorava fazer, descobri.

Mas o mundo urgia e eu tinha uma consultoria, acontecendo, uma siderúrgica queria construir uma hidrelétrica toda dela, e queriam mostrar ao mundo que o projeto não ameaçava nenhum ecossistema. O mais engraçado era que isso era verdade, então sentei pra trabalhar sério e passar todo o tempo longo e vazio entre agora e meu cinema com a Moti.

Fui até um amigo que cria orquídeas, enviei com um cartão que eu mesmo escrevi, nada das minhas mensagens tiradas de algum site, que é o que meu ex-eu certamente teria feito. Enviei junto os ingressos, comprei antecipados; teria mandado um vestido, uma bolsa e uns sapatos, se isso não parecesse talvez um pouco invasivo demais. Eu já via Mati caminhando ao meu lado pela vida, naquele vestido e com aquela bolsa, tinha visto em uma loja dias antes. Tinha me lembrado do tempo em que eu tinha uma namorada e como era bom andar com ela ao meu lado, o perfume, o jeito de andar, antes de ela usar aquele mesmo jeito para andar para lá, falando que eu odiava coisas demais para ela. Silvia.

 Fui até o endereço que Mati havia dado, cheguei um pouco antes para não me atrasar, fiquei fazendo hora, para não parecer ansioso. Tinha comprado um pequeno presente, uma caixa de dvds de um grupo inglês que ela talvez tivesse dito que gostava. Talvez não fosse um presente tão pequeno, a gente mal se conhecendo, mas eu não tinha conseguido comprar nada menor.
 Ela apareceu e meu pulmão fez alguma coisa esquisita com o ar que devia estar lá dentro. Mati.
 Consegui um táxi e não falei nada ao motorista quando ele pegou um caminho que me pareceu mais longo. Mais longo era bom, era ótimo hoje. Talvez ele pudesse ir até o cinema por um caminho alternativo, passando por Goiânia, por exemplo. Se demorasse um pouco, bom, esse filme deve ficar em cartaz por no mínimo mais uma semana, para que a pressa?

Chegamos à sala sem eu ter conseguido escutar quase nada do que ela dizia, com aquela voz soando pelo táxi e as mãos se movendo na minha frente. Mati era uma garota com muitos gestos, algo de que talvez eu não tivesse gostado tanto em outras épocas. Ela foi trocar o tíquete antecipado pelos ingressos, pedi um segundo e fui ao banheiro, precisava me preparar um pouco para as próximas duas horas ao lado dela sem dar nenhum vexame. Aproveitei para jogar água no rosto e pedir ao meu estômago que parasse com os ruídos estranhos de sempre que estou muito nervoso.

Saí de lá muito melhor, pronto para dizer a Mati umas coisas legais que eu tinha pensado nos últimos dias, pronto pra relatar a ela coisas essenciais sobre o diretor desse filme, que tinha coletado na Internet enquanto escrevia meu relatório hidrelétrico. Ela estava logo ali, na minha frente e à espera, com as mãos ocupadas, eu agora podia ver.

Mati tinha comprado algo para nós, para tornar nossa ida ao cinema ainda mais agradável, para completar a experiência compartilhada de um bom filme. Ela comprou um pacote de pipoca, tamanho jumbo, acho que com manteiga derretida.

Não existe nada, nada, nada nesse mundo pós big-bang, nada nessa nossa galáxia em expansão, nada em todo o meu ser incompleto e já em decomposição, nada que eu odeie mais do que pipoca no cinema. Eu não odeio pipoca enquanto instituição, não é isso que quero dizer. Odeio pipoca no cinema, naqueles sacos de cinco quilos com um ser humano por trás, em algum lugar. Esse tipo de pipoca. Odeio o que isso significa, que é a distorção completa do que era pra ser cinema. Cinema era para ser olhado e ouvido e sentido, e agora passou a ser comido e nossa civilização toda está indo pelo ralo, no sentido horário ou anti-horário, nunca sei, por coisas como essas, que parecem mínimas aos desatentos, mas não são. A coisa toda começa na pipoca e termina em algum holocausto, é o que eu acho. É contra isso que luto. Lutei toda uma vida, olhando feio, olhando mais feio, olhando com todo o meu mais feio eu, para quem portasse um daqueles containers perto de mim. O que ia fazer agora?

Fiz o que fiz. Comi pipoca com a Mati, lambuzei os dedos com a manteiga e tentei não chorar enquanto meus dentes faziam aquele barulho todo, de se escutar em Pequim, enquanto Almodóvar explicava a vida ali, diante de mim. Chorei, e Mati pensou que fosse pelo filme, apertou mais a minha perna.

Saímos do filme e fomos pra casa. Acordei e resolvi descobrir o telefone de um bom analista, aconteceu de ser uma, não um. Por mim, tudo bem, se me ajudar a chegar a algum lugar com, e não sem, a Mati.

Gosto dos meus ódios, eles me davam um sentido para as coisas. Mas hoje eu sei que adoro começos e acho que até gosto bastante do que acontece pelo meio. O que eu odeio mesmo, mais do que qualquer coisa no mundo, são finais.

3_orgasmo//

feminino

Ele me perguntou o endereço do msn, tomei uns cuidados antes de dizer qual era. Primeiro, que msn tumultua a vida da pessoa, aquela coisa de tela pulando bem no meio do trabalho da gente, e como fazer de conta que não se viu, como não dar bola pra alguém sabe-se lá de onde nos aguardando? E pior, a pessoa aqui não dá retorno e o cara do outro lado logo se mete noutra conversa e nos deixa na mão. Porque eu sei que é sempre assim, a pessoa aqui, conversando e se achando o centro do universo e o cara do outro lado com mais três telas em aberto, escolhendo onde rende mais.

Uma amiga minha tinha falado que ele era ok, sabia quem era, sujeito legal. Não disse legaaaal, legaaaaal, mas bacana. Ela falou isso e, aquela dúvida; a pessoa hoje nem sabe se a amiga fica passando a real ou guardando pra ela. Com homem é achou, reservar — assim anda a coisa.

Eu passei o meu endereço e ele nada, acho que isso durou uns dias, um mail pra cá e outro pra lá, mas nada na seqüência. Foi numa quarta que eu vi o msn blinkando e ele ali, se chamando de "Sem noção do dia" e com uma foto de um pessoal numa praia. Sério, a foto mostrava três caras, mas não dizia qual era ele. Dos três, dois dava pra pegar, o outro só muito bêbada. Um era até bonitinho. Com a sorte da pessoa aqui, ia ser o baixinho, tão pequeno que quase nem entrava na foto.

"Sem noção do dia", numa quarta-feira? O que esse sujeito fazia da vida, afinal? Minha amiga tinha sido muito vaga, como eu expliquei antes.

— Consultoria. O pessoal quer financiamento do BNDES, por exemplo. Eu desenvolvo o projeto. É legal.

Legal? O meu dentista devia ter uma vida mais excitante. Esse cara deveria ser um tédio.

— A compensação são as milhas. Tenho milhagem pra fazer quinze voltas ao mundo.

E ele estaria por acaso convidando a pessoa aqui pra uma volta ao mundo?

— Viajo pra caramba. Vou pra SP semana que vem, na outra, e na outra também. E você, o que faz?

— Compradora pra uma rede de varejo, moda, não me pergunte qual porque não vou dizer mesmo.

— Não quer me dar desconto, é isso?

— Você precisa comprar roupa feminina?

Pausa. Ele agora ia ter que dizer alguma coisa. Mulher, noiva, namorada, mãe velhinha e adoentada morando com ele.

— Tem lingerie?
UFA! Isso era direto.
— Claro, por quê?
— O que você está vestindo?

Isso era mais direto. Quem era esse sujeito afinal?
— Eu quero dizer tudo o que está vestindo. Não fique me falando da blusa ou da calça. Quero dizer, não só disso.

Silêncio.
— Achou que eu era todo sério por causa do meu emprego, é?

Claro que eu tinha achado. Agora não sabia o que dizer, não queria mais dizer nada. A pessoa tem que tomar cuidado nesses dias de hoje. Falei que tinha que me reunir com os gerentes e fui, não sabia o que dizer.

Acho que só mesmo pelas três da tarde eu parei um pouco, quarta-feira é dia pesado no meu trabalho. Fui tomar um chá, olhar os mails e pensar na vida.

— Spencer de malha, blusinha branca de algodão, uma marca da loja. Saia jeans, sandália coloridona, uma marca que a gente está testando. Sem sutiã. Calcinha, não conto.

Ele respondeu, depois de meia hora. Não estava conectado ou me deu um tempo pra mostrar que não tinha ficado ansioso.

— Hummmm.

Só isso. Hummm.

Eu estava com uma calcinha que comprei numa loja de surfe e dizia "Boas ondas".

Uma coisa que muita mulher não sabe é que homem não gosta de calcinha muito rendada e transparente. Também não gostam de nada muito vagabunda, a não ser que a gente esteja a fim de sexo com violência, não o caso da pessoa aqui. Gostam se for bem pequeninha, mas isso não dá mais; quando eu era mais menina, tudo bem, agora fica tudo marcado. Pra mim tem que ser shortinho e de algodão, e eles adoram. Nada de lycra muito fina, seda, essas coisas; saibam vocês, mulheres, nada de coisa muito chique — eles nem dão bola, nem sabem o quanto a gente pagou. Coisa fina mesmo, só se a pessoa tiver uma namorada, porque mulher é quem consegue apreciar, homem não está nem aí. Eu tenho que saber de tudo isso, trabalho numa loja onde vinte e cinco por cento do faturamento vem de moda íntima, tenho que saber tudo, não é mesmo?

Adoro quando o cara me pergunta sobre calcinha. Isso é coisa de homem que entende, não fica falando de signo e do que ele significa pra empresa dele, do quanto ele busca uma parceira nessa vida. Eles só fazem isso pra gente achar, "Oh, como ele é sensível" e dar sem maiores dificuldades. Eu dou sem maiores dificuldades, só preciso sentir vontade, óbvio. Então pra que a conversa toda que a pessoa ainda tem que ficar escutando enquanto bebe o vinho que ele escolheu, que nunca é lá essas coisas, a não ser que ele realmente queira comer a gente, o que até acontece, mas só de vez em quando?

— Que tal em SP, semana que vem.
— Semana que vem?
— Eu vou estar lá. Você vai estar lá. A gente podia se encontrar.
— A gente não se conhece.
— A gente se conhece. A gente só não se encontrou. Sua amiga já lhe falou tudo de mim.
— Isso é o que você pensa.
— Falou. Sei que falou. São Paulo. Me diga, o que você gosta de fazer lá?

O que eu gosto de fazer lá? Caramba, eu tenho um quarto de hotel, hidromassagem no quarto, cama queen size e tudo pago pela empresa. O que esse cara pensa que eu gosto de fazer?

— Gosto de sair pra jantar.
— Conhece o Nadine?

— Claro.
— Gosta?
— Claro.
— Conhece o Sakeji?
— Claro.
— Gosta?
— Claro.

Assim era fácil. Ele listava um monte de lugar onde qualquer um gosta de ir. Não era dotado de muita imaginação, mas não era trouxa. E como será que ele era dotado do que não é imaginação e faz toda a diferença? Hummm.
— A gente se encontra e vai jantar e então vê o que rola.
— Não sei.
— Por quê?
— Não sei.
Qual a mulher que responde que sabe? Até pode saber, e muito bem, mas qual responde que sabe? Nunca vi.

— Tudo bem, a gente não se encontra então.
Pronto. O beiço. Adoro quando homem faz beiço.
— Chico.
— Que foi?

O nome dele era Francisco. Tinha me contado e esperado pra ver o que eu dizia. Ia dizer o quê? Era um bom nome. Não era nada como a vez em que tive que sair com um Gilberto. Gilberto Freire. Sério. Nada contra o nome, mas parecia que eu estava saindo com um estudo sociológico. Francisco, logo passei e chamar de Chico e deu pra ver que ele achava ótimo. Também, com o outro Chico que anda solto por aí, quem ia não gostar?

— Chico?
— Hum.
— Tudo bem, a gente sai.
— Hum?
— Eu falei. Semana que vem. Nos encontramos. Em São Paulo. Mas com uma condição.
— Eu falei que era só jantar.

Pronto, tadinho. Já pensando que precisava me oferecer garantias. Tipo que não ia me comer, que tudo ia ser uma linda amizade e sei lá mais o quê. Homens!

— Chico. Não é nada disso. Eu só quero combinar uma coisa.
— Uma coisa?
— Eu te falo, você me fala.
— Fala. O quê?
— Cada um de nós conta uma fantasia antes.

— Fantasia?
— Chico. Sim, fantasia.
— Que fantasia?

Não, querido, não estamos falando de fantasia de baile de carnaval.
— Sexual, Chico.
— Fantasia sexual?

Dava pra escutar os sei lá, bits, bytes, sei lá como se chamam, se batendo todos dentro do msn dele.
— Que outro tipo de fantasia a gente tem, me diga?
— Puxa, quero dizer, achei legal. Fantasia.
— Hum, hum. Quem começa?

Ele ficou quieto, acho que preocupado. Ele está pensando se eu estou só curtindo com ele, e ele conta uma fantasia e paga o maior mico. Isso é o que ele está pensando nesse instante.
— Chico, tudo bem, eu começo. Mas não é só pra fantasiar.
— Não?
— Chico. A gente não vai se encontrar semana que vem?
— Semana que vem?
— Sim.

— Vai. Sim, vai
— Eu quero que cada um conte uma fantasia pro outro. E a gente coloca em prática. Você faz a minha, eu faço a sua. Não parece bom?

Isso é divertido. Quando a gente consegue deixar o cara sem fôlego, quero dizer.

— Bom, Chico. Quer ver a minha fantasia?
— Hum, hum. Espere aí.
— Foi fechar a porta?
— Mais ou menos.
— Posso começar?
— Hum, hum.

Ele parece no ponto. Humm, deixa eu ver. Que tal, humm.
Por volta de umas oito horas você liga e pergunta onde estou, digo que já estava me arrumando pra sair, então você diz que já vem me pegar.
Nos encontramos no hotel, e você diz que quer sair pra jantar, pergunta o que quero comer. Digo que seria bom ir a um japonês na Liberdade e você diz que tudo bem.
Vamos jantar, conversar, então falo pra gente ir a um bar que eu conheço. Ali você começa a me provocar, estou de vestidinho, escolhi um curto o suficiente e

você me acaricia a coxa e controla seu tesão, nada de me tocar demais, nem de menos, você sabe.

Por volta da meia-noite digo no seu ouvido que quero ir pro hotel, estou à flor da pele. Você beija meu pescoço e diz que também acha que já é hora.

No carro, pelo caminho, vou provocando enquanto você dirige. Subimos e começamos a nos pegar, sem esperar nada. Digo que estou com muito calor e que quero tomar um banho. Você então tira minha calcinha e me vira pra eu sentir seu pau duro acariciando minha bunda, enquanto suas mãos sobem pela minha cintura, pelos meus peitos e sua língua está na minha nuca e pescoço. Você tira meu vestido e meu corpo está ainda mais quente. Você diz que quer me dar banho, mas eu digo que não, que quero apenas que você me olhe da porta. Você me olha tomar banho e digo que você é meu sabonete e por isso deve prestar atenção pelos lugares por que ele passa, pois será você quem passará por ali depois. Vejo que a cena o excita. Saio do banho e peço que você me seque, e você diz pra eu esperar você na cama enquanto toma uma ducha.

Quando você sai, estou sobre a mesa, de camisa e calcinha. Você vem em minha direção e abre os botões da camisa e beija meus peitos e depois me carrega até a parede. Ali você me deixa de pé e tira minha calcinha, me deixando apenas com a camisa aberta. Você me acaricia e toca com seu pau duro. Peço que me vire pra eu senti-lo na minha bunda. Então, ponho você na cama e sento sobre você. Eu faço você deitar e vou explorando seu corpo com minha língua até chegar no seu pau. Minha língua percorre todo ele, até ficar bem molhado, e depois o coloco todo na minha boca e sinto ele ficar ainda mais duro. Continuo a chupar até você me puxar pra cima e dizer que agora é a sua vez.

Isso é importante, Chico. Eu quero muito ouvir você dizer isso, quero muito que você diga isso e que realmente sinta vontade de me chupar, essa é a minha fantasia, não é?

Você me pergunta o tempo todo se eu quero mais aqui, mais ali, mais forte, mais leve, eu peço bem leve, bem leve, bem leve, depois eu peço bem forte, bem forte, me mordendo mesmo. Você pode colocar coisas em mim, um quarto é cheio de possibilidades, ou a gente passa no supermercado antes e escolhe. Enquanto isso, você continua com sua língua, não pára nunca, por nada, eu vou dizer pra você quando e onde, até eu gozar muito, quando eu começo, não paro. Paro quando sua boca não agüentar mais. E então digo que eu sou toda sua e peço pra você comer o que quiser. Você faz isso, me come à vontade, do seu jeito e eu sou sua e faço tudo para você. Tudo.

Depois eu vou querer mais. Vou querer que você me pegue por trás, me pegue com força. Me coma por trás e me pegue com a mão, me pegue forte. Eu vou dizer para você parar, que está doendo, mas você não pode ligar para mim. Você me pega com força e mais força e eu grito, você puxa o meu cabelo, Chico. Você me pega e me puxa e eu gozo de novo, até ficar quieta e então eu vou estar feliz.

Pela manhã, lá pelas sete, acordo com muita vontade de te comer. Enquanto você dorme eu o ataco até que você acorda com minha boca chupando seu pau. Às oito, então, nos tornamos nosso café da manhã e eu vou estar com seu gosto na boca, e às nove eu vou trabalhar, ardendo toda.

— Chico?
— Nossa, é assim mesmo?
— Hum, hum.
— Puxa.
— E a sua?
— Não precisa. A gente faz a sua, está ótimo assim.

Ele achou mesmo? Achou, claro que achou. Homens.

Será que ele entendeu o que tem que fazer pra eu gozar? Esse é o espírito da coisa. Se existe uma coisa importante, se tem uma coisa que homem tem que saber é que primeiro a pessoa tem que gozar, depois ele faz o que quer. Ele vai prestar atenção em tudo o que eu disse? Melhor que sim, senão desperdicei uma fantasia.

Eu tinha descoberto isso meio por acaso. Até ali era aquela coisa, a pessoa encontrava um sujeito legal, surgia o clima, a coisa rolava e várias vezes era um, dois, dependendo do rapaz, três a zero; vai lá, eu conseguia enfiar unzinho de vez em quando, gol! Gastei raiva à toa com os homens, bando de desatentos. Vêm até aqui, mandam ver, e agora com todos esses comprimidos que eles tomam — e não se iludam, não tem idade — eles chegam com muita emoção e a gente levando e levando aquilo, não tem mais fim! A pessoa até que se diverte, óbvio, mas chega a hora em que a gente também quer escorrer um pouco, nada de eles atenderem. Mas um dia, numa reunião com amigas, aquela coisa de mulher, todas falando ao mesmo tempo, eu começo a ver. Uma gozava se o cara pegasse ela por trás, tanto faz o que comesse, e com a mão ao mesmo tempo, com muita força. A outra ali falando que tinha que ser com a língua e muito de leve. Uma delas precisava que o sujeito batesse um pouquinho, só brincando de maldade, senão ela tinha que fazer sozinha depois. Uma ria de todas, vaca, gozava várias vezes, bastava o cara comer. Inveja de todas, será que era verdade?

Foi ali que eu pensei, nossa, cada mulher é uma história, cada mulher é uma pressão. Como o coitado do sujeito, mesmo se estiver bem-intencionado — deve acontecer às vezes — como o cara vai saber? Por isso eles ficavam perguntando se estava bom isso, aquilo, a pessoa até se irritando às vezes?

Fui pra casa pensar na vida. Solteira, adorando o trabalho, as viagens, essa vida, faltando melhorar só mesmo esse detalhe. Tarde e sem dormir, na frente do msn, um garoto me falando alguma coisa e eu muito pouco por perto. Foi ali que eu pensei: e se? E se eu desse pra cada um tudo que ele precisa saber, mas sem ficar parecendo relatório sei lá, ordem do dia, sem ser comandado, nem ficar em volta, sem saber do que eu preciso? Foi isso.

De Congonhas para o hotel foram quase cinqüenta minutos, tudo que deixa a pessoa feliz, taxista dizendo que o ar-condicionado não estava funcionando — sempre não está funcionando justamente hoje, sei —, o check-in pelo menos foi num tempo razoável e não havia nada de errado com a minha reserva, dessa vez. Quando terminei o check-in, o rapaz da recepção estendeu um papelzinho com algo escrito. Meu nome.

"Estou na cidade e ligo pra gente se encontrar. Beijos. Chico."

Bom, alguém tinha levado a sério a idéia toda, e não era a pessoa aqui apenas. Chico, seu safadinho.

Resta agora saber qual deles, da foto, é você. E rezar um pouco.

Não fui pro fitness center coisa nenhuma, com uma jacuzzi no meu quarto e eu precisando muito estar no meu melhor momento, alguém acha que eu ia correr e suar no andar de cima?

Coloquei um vestidinho que vinha guardando pra um dia desses, coloquei um colar de pérolas cultivadas que uso especialmente nessas horas. Qualquer mulher fica uma beleza quando fica só de pérolas, dá gosto ver o olhar deles.

Desço num nervoso, nessa hora a pessoa tem que sentir, não tem? Como não vai sentir?

Chico não era o bonitinho da foto, mas era bem melhor do que na foto, ao vivo. Com barba, como eu gosto, barba rende; coxa legal, firme, óculos bem escolhidos. Esse cara não era casado mesmo? Sério?

Chico veio com as melhores intenções, e deu pra ver que ele tinha a fantasia toda de cor, direitinho. Maravilha, como eu vivi todos esses anos sem isso?

Jantamos e ele não falou de trabalho e a gente tinha visto os mesmos filmes, ele mais em dvd, mas não era só Máquina Mortífera. Falou de uma ex-namorada, mas não se estendeu muito, o que pra mim está ótimo. Perguntou o que estava vestindo e eu falei, "pérolas", e ele ficou na dúvida. Peguei no pau dele, de leve, por baixo da mesa, homem adora isso.

No hotel, uma beleza, ele foi fazendo tudo certo, na letra da música. Aquela boca era tudo que eu queria, sério. Aquela barba, se não me cuido ainda me apaixono por esse cara, que boca! Gozei mais cedo do que esperava, e ele ainda ficou ali mais um tempo, pra ver se a pessoa queria de novo.

Depois fez essa coisa comigo na parede que até me deu dúvida, mais um pouco e eu talvez até gozasse. Que mão, seu Chico! Divina. Mas bati a cabeça na parede, a pessoa quase ficou tonta com a pancada. Meu Deus, assim eu morro e não aproveito tudo. Achei melhor acalmar um pouco, não se deve brincar com fogo. Tempos atrás um deles se emocionou e me acertou em cheio ao lado do rosto — no dia seguinte, olho roxo, todo mundo rindo da pessoa, ia dizer o quê?

Fiz sinal pra ele ficar deitado, peguei o pau com vontade, um pouco de boca, muito na mão, logo vi que ele ia gozar, pensei em onde e deixei rolar tudo nos meus peitos, eles adoram esse tipo de coisa.

Fiquei mais um tempo massageando a minha testa, tinha doído mesmo. No outro dia eu tinha reunião a partir das oito e meia, em São Paulo isso quer dizer acordar antes das sete. O cara tinha sido legal e se existe uma coisa boa pros negócios é um bom orgasmo na noite anterior. Falei que estava destruída, fiz um homem feliz, e mandei ele pro táxi. Prometi que a gente se encontraria ali de novo, semana que vem, ou na outra. Nunca se sabe.

Com tanto msn, com tanto homem o tempo inteiro, com tanta coisa pra fazer e tantas viagens por aí, quem quer ser casada?

masculino

　　　　　Não goza.

　　　　　Não goza.

　　　　　Não goza.

　　　　　Porra!

4_minha futura ex-mulher//

Conheci a minha futura ex-mulher em uma festa dessas. Ela vestia preto, distribuía abraços e beijos, vi alguma coisa que me fez querer um deles; fui até ela para então ganhar nada além de um sorriso meio desconectado e um aperto de mão. Sem jeito, fui sentar junto a uns daqueles canapés de gosto indefinido que sempre são oferecidos nessas festas; ao meu lado estava um rato de vernissage que eu via muito por aí e dali a pouco passo a não ver mais, algo deve ter acontecido a ele — também, com aquela alimentação.

Não fiquei abatido por muito tempo, logo apareceu uma garota que conheci em um trabalho de prospecção, tinha notado que ela não usava aliança, o que nem sempre quer dizer tudo, mas solteiros são assim, atentos aos detalhes, casados não. Casados coalham, como me disse uma amiga, pouco antes de coalhar ela mesma.

Não dava para saber ainda o que iria acontecer, mas achei que estava na hora de algo mais forte para beber e tudo que eles oferecem é vinho de vernissage, fui até o bar pagar por um sólido uísque — conheça os extremos do perigo —, o vinho sempre é patrocínio de algum antiácido, nunca, nunca mesmo eu beberia algo assim, exterminador de ratos de vernissage. O rato de vernissage, agora sentado perto do bar, era um velho conhecido, dos tempos em que eu ainda achava que a arte contemporânea ia para algum lugar. Ele era velho mesmo, tinha apanhado tanto dessa vida ou de outras que a pele parecia um tapete. Ele poderia ter aprendido muito sobre arte, acho, freqüentando todos, todos e absolutamente todos os lançamentos de quaisquer artistas patrocinados por quaisquer vinícolas. A classe artística em peso não representava uma fração do conhecimento que ele poderia ter, se não estivesse muito mais interessado no que serviam em cada evento, e pensando bem, talvez ele estivesse certo e extraindo muito mais de galerias e museus do que todos nós outros.

    Ele nunca estava sozinho. Uma mulher com aspecto tão desgastado quanto o dele, uma perna sempre um tanto em tratamento, costumava estar por perto, não estava hoje e pensei em perguntar por ela, mas não queria dar a ele assunto e justificativa para estar ali. Todos temos nossos papéis, melhor cumpri-los. O dele era comer a maior quantidade possível de canapés sem parecer um absoluto rato de vernissage, sendo. O meu era, um dia, conhecer melhor a minha futura ex-mulher, que eu tinha visto algumas semanas antes pela primeira vez, na abertura de um seminário, e achado linda. Quem é ela, eu tinha perguntado a alguns **bem** informados. Era recente na cidade, vinda de São Paulo por conta de uma bolsa. Soube que pintava telas de grande porte, que tinha morado com esse cara, mas que parecia que não estavam mais juntos e as informações paravam por ali. Ah, sim, Ana.

Tinha me distraído um pouco olhando para uma das telas, muito boa, uma das melhores coisas que eu tinha visto nos últimos tempos, quando senti alguém ao meu lado e meu uísque se derretendo com o contato daquela mão no meu ombro.
— Vendida.
— Muito boa. Mesmo. Só não sei como deixar claro que eu acho mesmo. Que não é por educação, gentileza, essas coisas.

Sempre acontece. Com uma mulher que me atrai eu me torno prolixo. Sempre prometo que isso vai mudar, vou ser econômico, profundo e ainda assim, leve. Dura milissegundos, basta a aproximação e minha capacidade de síntese vai pro espaço. Sideral. Intergalático.
— Nós já fomos apresentados.
— Nós já apertamos as mãos, não é exatamente uma apresentação.
— Ana.
— Pedro.
Síntese. Certo.

— E o que parece tão bom nessa tela?
— De quanto tempo a gente dispõe.

Ela riu o riso que me apaixonou por um longo tempo. Longo, quanto é longo? Eu já tinha morado com uma mulher quase cinco anos, e tinha parecido um bom tempo, antes da nossa desistência conjunta. Um sábado, nós dois acordando, ela me olhou e disse que talvez fosse passar uns dias na casa da mãe. Eu tinha futebol, e fui para o futebol com a rapaziada dos tempos de colégio, só fui pensar no assunto quase três horas depois, durante a cerveja e a conversa sobre mulheres e futebol. Mulheres. A minha iria para a casa da mãe, para nunca mais voltar, a não ser para buscar a maior parte dos nossos móveis, várias das telas de que eu mais gostava, um dos nossos carros e felizmente o cachorro. Isso é sério, ela realmente levou o cachorro. Ela ainda disse que eu nunca tinha entendido o que ela desejava, o que provavelmente era verdade. Espero que o cirurgião plástico com quem ela casou entenda. Espero que ela me venda de volta as minhas telas por um preço razoável e fique pra sempre com o cachorro.

Ana me olhou e olhou e disse que talvez a gente tivesse tempo mais tarde. Quanto tempo? Bastante tempo.

O dono da galeria veio chamar, parece que mais uma venda estava a caminho e o sujeito era todo rapapés. Ficamos ali, meu uísque e eu, pensando nessa vida. Ana e eu. Iríamos morar juntos em uma cobertura com três quartos em um bairro nada nobre da cidade, porém com um enorme espaço para ela pintar na parte superior. Ela iria querer uma casa, muito mais fácil transportar as telas que pintava para dentro e para fora, mas ela se deixaria convencer que a cobertura era mais segura e tinha uma luminosidade que ela mesma não conseguiria definir.

Iríamos fazer sexo várias vezes por semana durante os primeiros dois anos de nossas vidas, passando para algo como três vezes, a partir do segundo ano e do início de minha fase como vice-presidente da empresa, a promoção por conta de uma superidéia que eu iria ter e que, ao contrário das outras, iria realmente dar certo. Eu ficaria muito mais surpreso do que todo mundo, mas a promoção seria minha, para tristeza de um diretor de vendas que queria o cargo para finalmente fazer sucesso com as mulheres — mas a vida é assim mesmo. E o cargo não faz sucesso com as mulheres, posso garantir pela experiência que se seguirá após a minha futura separação.

Iríamos sair dessa vernissage e de nosso primeiro olhar diretamente para o apartamento que ela havia alugado dias após chegar aqui, com uma cama que rangia e ruídos estranhos vindos da rua. Iríamos conversar a noite inteira, entre uma seqüência de beijos e toques e eu entrando nela, de vários ângulos, cada um com sua forma de olhar para ela, tão nova para mim. Eu ia falar do que tinha percebido na pintura dela, uma mistura de angst e velocidade que me tinha tirado o fôlego, do jeito em que ela agora me tirava o fôlego, sentada firme sobre mim. Angst e velocidade, ela iria gostar de me ouvir dizer isso. Como pode haver velocidade em uma pintura, ela ia querer saber, e eu iria passar os próximos tempos tentando explicar, nós dois vestidos ou não, no estúdio dela, ela jogando tinta sobre mim e se divertindo em remover depois.

Nós iríamos sair diretamente dessa sala cheia de canapés e pessoas sem importância para uma vida a dois, a três, a dois, a um. Iríamos trocar os meus móveis por coisas menos pesadas e passar dias felizes em praias de Santa Catarina e dias sem tempo para nada em Nova York, ela sempre vendo algo que eu absolutamente não conseguia perceber, na obra de alguma pintora iugoslava no SoHo, de um videomaker em Tribeca, no insosso Vik Muniz, e ela iria me achar convencional demais no meu gosto por arte e isso, de alguma forma essencial, iria se tornar um grande problema entre nós.

Um dia iríamos acordar e eu ia notar que não tínhamos tocado nenhuma vez os nossos pés, um no outro, durante o sono, sei lá como iria saber disso, mas iria. Um dia eu ia ouvir uma chamada para o celular dela, vinda não sei de onde, um tom de voz que parecia deixar os olhos dela enevoados, e eu fora da neblina. Um dia ela ia dizer que eu não era o cara que ela pensou que seria, que a gente acerta, a gente erra, a gente tenta de novo, outra vez. Não comigo.

Vamos ter sido um bom casal, daqueles que têm muito mais a contar do que a lamentar. Vamos deixar belas fotos como legado, imagens de pessoas que sorriem querendo mesmo sorrir. Em algumas das fotos vai ser possível ver que éramos dois amantes, no sentido do termo. Em outras pareceremos dois sujeitos que não sabem ao certo o que estão afinal querendo ali.

Nas nossas mais inúteis discussões eu vou dizer que ela simplesmente não tenta entender o que estou dizendo, vamos dormir sem nos falarmos, vamos dormir em camas separadas, em quartos separados. Mais de uma vez vamos beber e dizer que casais devem mesmo passar por crises, que o conflito é o que nos salva do tédio. Vamos passar dias pensando no que fazer, no que dizer, na garota do setor de trade que parece que aceitaria passar uns dias comigo em uma praia, se eu convidasse.

Ao final desse tempo, ela vai me dizer que precisa de tempo e espaço, que ali em casa nenhum dos dois está disponível, que me ama, mas precisa fazer isso. Eu vou olhar pra ela e sentir um certo alívio, e, ao final, seremos dois ex-casados, duas almas que trocaram mais do que momentos, trocaram o que existe para ser trocado, e mesmo assim, não foram tão longe. Vamos ter uma boa quantidade de memórias especiais, amigos que vão continuar nos vendo, outros que irão desaparecer em breve, ou farão sua escolha por um de nós.

Vamos ter uma história para contar em bares, quando encontrarmos quem estiver por lá para encontrarmos. Vamos tentar honestamente sermos bons ex alguma coisa, a vida precisa disso, acho. E teremos valido pelas coisas generosas que teremos realizado, pela partilha dos nossos bens, feita sem maiores traumas, e, em especial, pelos dois filhos, um garoto chamado Pedro, uma menina chamada Bibiana, que em nossa mistura de egoísmo com sabedoria, não iremos ter.

5_corrente//

Tinha falado a ele, Márcia, casaco cinza sobre blusa preta e saia plissada em uma mesa de canto de um restaurante de hotel no centro da cidade, um dos três ou quatro restaurantes que eu uso. Quando ele chegou eu já tinha escolhido a mesa de canto e aguardava com a mesma sensação de sempre, ao menos a partir da segunda ou terceira vez — a primeira é sempre aquilo, claro. Ele chegou em ponto, eu um pouco antes, prefiro ver o que acontece e assistir a chegada do cara, normal. Vi que ele usava aliança, muito melhor assim, um deles veio com a marca, quase desisto.

    Ele parou um instante antes de me reconhecer e se aproximar da mesa "Lucas" — tinha falado, e eu achei muito jovem, deve ter usado o nome de um filho, ou colega de um filho; ninguém se chama Lucas ao redor dos quarenta, que eu conheça. Não era a primeira vez para ele, isso era claro pela segurança, pelo jeito de andar, de olhar ao redor discretamente em busca de algum conhecido, sempre se pode encontrar alguém, sempre. Ele estava de camisa escura e blazer mais escuro, óculos de armação escura, cabelo com gel, carregando uma revista que eu também leio. Achei tudo ok e fiz sinal para que sentasse na cadeira à minha frente; tinha deixado um jornal sobre a mesa e, ao lado, celular também, dando a impressão de haver mais um à mesa, melhor assim.

Perguntei se havia achado alguma coisa sobre mim, ao me ver. Ele sorriu e disse que eu era ainda melhor do que ele esperava. Ri por dentro, pela obviedade da resposta e pela obviedade ainda mais óbvia da minha reação, mexendo no cabelo. Mulheres.

Perguntei a ele se queria falar do que gostava, mas ele disse que preferia que a gente falasse do cardápio, que não tinha comido nada pela manhã, que tal escolhermos algo?

Falamos das pessoas anteriores — nada de nomes, apenas sensações, experiências, coisas de que gostávamos ou não. Olhei o relógio na parede, doze minutos desde a chegada dele, mais três. Quinze minutos é a regra, o limite para que qualquer um dos dois decida sair, abandonar a cena. Depois de quinze minutos é ficar e ir até o fim. Um cara tinha desistido, falou que eu lembrava demais a mulher dele, que era estranho.

Quatorze minutos, e ele me fala do que estava ouvindo no carro, dessa música de que sempre gostou, que o fez pensar em outros tempos. Cantarola a música para mim. Quinze minutos e digo que eu escolhi o linguado e ele ri.

Nosso almoço passa depressa, penso se não deveríamos subir logo, esquecer sobremesa, essas coisas, mas Lucas ou como quer que se chame diz que precisa de algo doce, e pede creme de chocolate, que ele não come, traz junto.

Subimos até o sexto andar, onde reservei o mesmo quarto em que fiquei da última vez.

Ele tira a roupa tão rapidamente que nem consigo acompanhar cada detalhe, os músculos das costas deles me enlouquecem sempre, adoro o jeito que se movem enquanto tiram a camisa, esse não, já vejo pronto e servido, não pude ver o preparo, pena. Tiro o sutiã e deixo que ele veja que os seios são cheios, com bicos rosados em um círculo de bom tamanho. Isso faz um homem salivar, eu acho, entre outras tantas coisas. Invejo a facilidade deles, muito em especial depois de ter experimentado como as mulheres são difíceis.

Pede que eu diga coisas ao ouvido, pede que eu faça isso e aquilo, antes de me chamar para cima, me chamar de amor, mas do tipo de jeito de chamar que não conta, é apenas a coisa do momento, nada mais, para então dizer que quer que eu goze, o que eu faço e já é mesmo hora, eu estava me contendo desde o creme de chocolate. Alívio. Logo é ele que grita alguma coisa. Foi bom. Ficamos ali, deitados.

Logo que eu me separei, a primeira coisa a fazer foi chorar por todo o leite derramado, chorei leite integral e desnatado, de tanto que chorei. Quando o choro foi minguando, comecei a ter encontros semanais com uma terapeuta que indicaram umas amigas, um sonho, elas diziam; mas pra mim tudo parecia muito fácil: chore, lembre de sua mãe, lembre do seu pai, fale deles; lembre como era chegar em casa e ver um cara que não dava mais bola pra você, não é melhor agora que você chega e pode colocar os pés pra cima e ver o que quiser na televisão sem dividir o controle remoto, e pode cozinhar apenas para você mesma e convidar seus amigos e amigas, e levar a vida que quer?

Não, sinto muito, não era melhor agora. Cozinhar só pra mim? Meus amigos e amigas eram casados ou estavam com alguém. Convidar para a minha casa era trazer todo o meu drama para a sala de tevê. Não dividir o controle? Eu nunca quis o controle, nunca quis ver nada na televisão, não sem ele, que adorava o History Channel e comentava algum afundamento acontecido na Segunda Guerra Mundial enquanto pegava o meu cabelo.

Deixei a terapia e fui fazer ginástica, Pilates; fui controlar o peso e olhar para pacotes de viagens nas férias, daqueles onde solteiros se encontram. Passei duas semanas numa viagem a Porto Seguro com um grupo desses, pra nunca mais voltar. Burrice a minha. Por que alguém iria numa viagem de supostos solteiros se não fosse velho demais, feio demais ou chato demais pra ser qualquer outra coisa que não um solteiro e sozinho em Porto Seguro? Passei as noites no quarto vendo televisão e escutando o axé rolando sem parar na piscina do hotel. Pensei seriamente em voltar, mas a minha auto-estima já andava por perto nessa época e eu não ia chegar dessa viagem sem um bronzeado mínimo, que afastasse perguntas desagradáveis no meu trabalho.

Liguei para conhecidas, gente que eu lembrava de antes e que esperava que não tivessem esquecido de mim; várias tinham esquecido de mim, e esse é um péssimo momento para descobrir justamente isso. Algumas estavam lá e na mesma situação, com duas ou três delas era possível ir ao cinema e até um bar sem que a nossa figura fosse triste demais. Duas, três mulheres, trinta e algo cada uma delas, num bar, rindo e parecendo os seres mais felizes sobre a terra.

Os bares de hoje me fazem pensar que passei os últimos oito anos em uma galáxia distante e que nesse meio tempo a Terra foi invadida por gente com metade da minha idade e o dobro da minha sem-vergonhice. Os caras perderam por completo o pudor, e vão logo apertando a gente ou puxando o cabelo e dizendo alguma coisa que aprenderam no cursinho. As garotas nos empurram pra fora do caminho e todas, todas, todas vestem sutiã 46, alguma mutação genética que pulou milhões de anos graças ao implante de silicone. Em um bar, uma loirinha peituda e com uma bolsa imitando Louis Vuitton me empurrou para o lado e disse, "Com licença, tia", enquanto seguia rumo ao banheiro, acho. Eu realmente me virei com a maior velocidade possível, para furar os olhos dela, ou pelo menos o implante, mas era um mar de meninas loirinhas e peitudas com bolsas imitando Louis Vuitton e eu não queria cometer uma injustiça, nem conseguiria furar os olhos de todas elas.

Comecei a ver documentários sobre submarinos e tubarões na Malásia, na volta à casa, um controle todo meu.

Arrumei um namorado, acho que essa é a expressão em uso. A gente arruma um namorado. Isso quer dizer tanto que a gente se sente feliz e satisfeita se conseguir ao menos um namorado, quanto que com a disposição certa a gente vai até ali e arruma um namorado, como arruma tanta coisa de que sente falta, sem maiores custos ou compromissos. Não é tão difícil, mesmo. Basta não dar bola se ele aparecer com uma camisa regata, ou insistir em te levar para um chope com a turma do trabalho. Basta não dar bola se ele fala ao celular enquanto vocês tentam transar ou pede pra você buscar uma cerveja quando tudo o que você deseja é um pouco de carinho. Basta esquecer que um namorado é para ser uma adição à sua vida, um parceiro de crescimento e descobertas, ajudando você a superar os desafios enquanto você ajuda o cara a dobrar as camisas decentemente quando ele viaja a trabalho. Basta você esquecer para que você queria um namorado pra começo de conversa, e pronto, você arruma um namorado. Arrumei um, arrumei um outro, estaria até agora arrumando se não tivesse cansado dessa vida de pouco por muito.

    Ficamos um tempo deitados olhando para o teto, o suposto Lucas e eu. Lá fora chove e os carros que passam fazem, shhhhh, cada um que passa. Ele vai para o banho, e eu espero a minha vez, não gosto de ir junto, não gosto que peçam justamente isso. O suposto Lucas volta e vejo que não molhou o cabelo, se bem que com a chuva lá fora isso não seria um problema. Tinha trazido sabonete: não podemos chegar em casa ou sermos encontrados com cheiros diferentes, mulheres notam essas coisas. Cheiros denunciam, e por cuidado com o suposto Lucas suspendi meu Givenchy por hoje.

    Na verdade, a coisa foi melhor do que eu esperava, ele foi um amante entusiasmado, gosta do que faz e faz bem. Nessas horas dá vontade de quebrar a regra e convidar para outro encontro, mas isso simplesmente não se faz. Não se quebra as regras, quero dizer, porque elas todas fazem sentido.

    Ele me dá o celular do sócio, diz para eu ligar pela manhã, depois das nove e em horário de trabalho. Dou a ele o celular de uma amiga recente, Célia, morena e sem muito peito, mas com todo o resto no lugar, dizendo a ele que ligue a qualquer hora, ela é solteira.
    Ele sai do quarto, eu espero mais uns dez minutos. São duas e meia, a tarde vai ser cheia, vai ser difícil, ainda mais com essa chuva.

    Dizem que um sujeito, em algum lugar, acho que na Romênia, ou algo assim, quebrou a corrente. Ilia Ianestu, empresário do setor de imóveis, e que a partir de então contraiu sífilis, sofreu um enfarto, teve gangrena e, fugindo das dívidas, emigrou para a América do Sul, onde foi encontrado pela máfia chinesa. Um louco.
    Pago a conta e saio atrás de um táxi, porque não faz sentido ter tudo tão bem planejado e andar por aí no próprio carro, entrando em um hotel do centro ao meio-dia.

Penso em quando vou ligar para o tal sócio. Logo, tão logo quanto possível. Faço trinta e cinco no mês que vem, e o tempo é tão pouco generoso com os homens quanto é cruel com as mulheres.

6_V1/V2//

Eu sou Deus, e não acredito em nenhum dos dois.

Penso nisso às vezes, mas penso nisso sempre que entro em um avião. Não sei o que os outros pensam quando o avião vai para a pista. Uns caem num sono instantâneo, que é falso e medo. Uns rezam e eu olho com pena. Será que realmente, realmente acreditam que uma ave-maria e um pai-nosso vão mesmo segurar esse Airbus 320 se ele resolver que o lugar dele é lá embaixo? Acreditam mesmo que um eventual deus capaz de criar bilhões de bilhões de galáxias e quasares e o que mais nos envolve num universo de incompreensão sobre qual o nosso papel nisso tudo; será que acreditam mesmo que um deus muito provavelmente ocupado com o alinhamento espaço-temporal de um cosmo inteiro, será que esse cara ainda vai encontrar tempo na agenda para se preocupar em salvar um gerente de vendas de uma cadeia de supermercados como esse que veio ao meu lado desde São Paulo na minha última viagem segurando um rosário, sim, um rosário — caso esse avião desenvolva problemas graves de aerodinâmica ou nos sistemas hidráulicos redundantes como um rosário que todo Airbus tem que ter? Acho que não. Não mesmo.

Uns parecem que não se importam, lêem mesmo seus jornais ou conversam. Uns, poucos, gostam daquilo de verdade.

Entro em aviões todas as semanas. Eu aguardo enquanto o vôo é chamado, passo para a sala de embarque, espero pacientemente que velhinhas e pessoas portadoras de crianças entrem, aguardo mais um tempo enquanto o pessoal se atrapalha colocando as bagagens deles em espaços impossíveis para violões, pranchas de surfe e outras estranhezas que alguém sempre carrega, sabe-se lá por quê. Procuro meu assento, confirmo que nenhuma beldade sentou ao meu lado, o que é triste, mas que também, por sorte, nenhum sujeito com uma barriga digna de um avião de carga ocupou toda a fila. Procuro a comissária ou comissário para ver se posso mudar para um lugar mais à frente, onde levo um pouco menos de tempo para sair dessa lata, sento e aguardo enquanto o avião faz o táxi, sento e aperto os braços da poltrona quando o piloto alinha aquele avião com o infinito e descarrega a ira e os fogos que traz presos em si. "Unleash hell", pensa consigo cada piloto nesse instante, com aqueles dois motores GE ou Rolls Royce, quarenta mil libras de empuxo nos dizendo para ir em frente, que as nossas propriedades caitivas serão suspensas e nossos pecados perdoados em alguns segundos, uns vinte, em média, eu conto sim; enquanto corremos entre aqui e o nada.

Penso muito nisso, cada vez. Uma pista tem uns dois mil e quinhentos, três mil metros, raramente tem mais ou muito mais. Dois, três quilômetros à frente, nenhum plano B, apenas uma reta mais curta entre esse mundo e a Grande Dúvida.

Uma vez fui até a cabine falar com o comandante, antes dos atentados; lá me explicaram que tudo se resume a dois pontos — dois momentos em toda aquela pista e nossas vidas que correm por ela —, um pouco mais rapidamente do que o habitual, um pouco mais definitivo do que tudo ao redor. Dois pontos apenas, que eles chamam de V1 e V2 e que surgem quando o piloto estende as asas, acelera até o fim e vamos todos para a frente, alguma das leis da física nos empurrando. Em quinze segundos, mais ou menos, atingimos, ou devemos atingir V1, o ponto de não-retorno, o momento em que não adianta pressionar o freio ou dizer que tudo não passou de uma brincadeira e queremos o dinheiro de volta; nada, nada conhecido pode nos fazer parar e só nos resta agora ir em frente, ignorando alarmes e avisos que nos digam que as coisas não vão bem, que tal um outro dia; nada disso, estamos condenados a acelerar rumo a V2, ou o imenso vazio — V2, a velocidade de vôo, o ponto em que nos jogamos aos céus ainda inteiros e descritos por leis humanas. Quando atingimos V2 somos salvos, nossas almas imortais também, até a próxima semana. Entre V1 e V2 transcorre todo nosso drama de termos que ir em frente, sem saber por que, ou poder voltar atrás. Eu vivo entre esses dois Vs, apostando tudo contra mim mesmo ou uma turbina com defeito ou um pássaro sem nenhum, entrando motor adentro para saber mais quanto ao funcionamento dos jatos de última geração.

Na cabeceira da pista, enquanto a moça ao meu lado segura o braço até machucar e a senhora atrás de mim segue firme no pai-nosso eu rio por dentro, abro as asas e peço mais e mais força.

Esse sou eu.

Mais um mês e faço trinta e dois anos. Um escritório em um prédio alto, com muitos vidros, um dia alguém joga um avião aqui, eu penso, nos piores momentos. Meu escritório é amplo e tenho direito a uma mesa apenas um pouco menor do que a mesa do Vice-Presidente, o que quer dizer que não sou VP, ainda estou em V1 — falta algo, velocidade, resultados, tempo, pista. Tenho exatos um mês e três anos para resolver o quebra-cabeça. VP aos trinta e três e eu saio voando; trinta e cinco sem ser VP e algo, alguma coisa grande ou pequena, simplesmente não foi o que devia ser, uma peça não se encaixou no grande jogo da vida, perdi o bonde, melhor sorte na próxima passagem por esse mundo.

Meu escritório tem uma janela e está de frente para a vista. Um VP tem duas janelas e um pequeno sofá, onde os visitantes podem sentar, apreciar a vista e o uísque doze anos da firma, reserva especial, para que possam se sentir uns verdadeiros reis por instantes, tendo um VP em pessoa os atendendo, antes de serem convidados a preencher o cheque que separa os simples dos eleitos. Meu uísque é oito anos.

Temos ainda um scotch que passou a maior parte do século esperando pacientemente pelo momento de ser oferecido aos nossos clientes ultra-supervip, no penúltimo andar e na sala do Presidente, ele mesmo, nossa divindade jurídica cercada pelos melhores e mais bonitos Códigos Civis que o dinheiro pode comprar. Eles não usam cheques e sabem que são reis. A linguagem é outra e eu ainda tento entender o que eles falam, e, por isso, ainda não sou VP.

— O cara da seguradora chegou.

Aline diz isso como quem acaba de anunciar um terremoto no Irã. A voz dela carrega a dose certa de informação, dor e desinteresse. Ela sabe falar a minha língua e também sonha em ser VP. Já foi pra cama com um deles, mas o sujeito apareceu com um certo problema de liquidez meses depois e hoje nem as paredes aqui da firma lembram do seu nome. Ela sabe que deve tomar maiores cuidados, Aline aprende rápido.

— Qual cara? O Diretor?

Ela faz que não.
— O Luís Roberto. Gerente da regional.
Eu não acredito. Gerente de regional.
— Hum, hum.
— Qual o limite dele?
Aline não deveria saber, essa informação é sigilosa, apenas o cliente sabe; nosso financeiro sabe, e seria frito em azeite se contasse a alguém qual o limite de verba de cada cliente. Ela sabe.
— Trezentos mil. Mais do que isso ele tem que pedir licença da central.
— E o que isso quer dizer?
Ela ri pra mim.
— Que eles aceitaram a nossa proposta. Eles nem estão mandando alguém com poder pra negociar. O cara vem pra chorar um pouco e assinar o acordo.
Faço pra ela que muito bem — muito bem, Aline, seu caminho está se pavimentando, sua construção está ficando cada vez mais bonita e próxima de ser habitável. Material para VP, é o que diz a ficha dela, à qual eu jamais deveria ter acesso.
— Parece que aprendeu alguma coisa comigo. O que mais?
— Respeito à hieraquia. Ele espera dez minutos?
— Dez minutos. Estou nessa ligação muito importante.
— Certo.

— E mais uma coisa.
— O quê?
— Vou tirar mais uns 2% desses caras. Pra aprenderem a não mandar um gerentezinho fechar negócio, conosco.

Ela ri e sai da sala. Ela tem esse sorriso bonito de que ainda não falei. Ela também fez uma cicatriz linda em uma operação de apêndice, aos nove anos. Uma tatuagem de algum ser mítico indiano, muito ao final das costas, que conheci numa praia, quando ainda podíamos fazer esse tipo de coisa.
Nessa hora entra uma ligação. Eu não pretendia atender, preferia saborear os dez minutos de espera protocolar a que o tal gerente tinha que ser submetido. A ligação era de uma amiga, tinha falado a minha secretária, que mais do que eu anseia pela minha promoção. Secretária de VP é rainha aqui na firma e ela detesta servir café.

— Ana.
— Muito trabalho?
— Nunca! O que acontece?
— Jantar aqui em casa, amanhã, nove horas.
— Quem vai?
— Susi, Marcos, Tom, a turma.
A turma: Susi, Marcos, Ana, Tom. Os amigos des-

de a faculdade. Tom, Tomás de Aquino, advogado de sindicato ligado à CUT. Tom olha pra mim com desprezo, advogado de banco. Vendido pro sistema. Isso ele só tinha falado uma vez, nós dois muito bêbados e em uma festa. Bêbado, e em festa, não vale, mas é claro que ninguém esquece.

— Certo. Amanhã, às nove.
— Vai trazer alguém?
— Sim ou não?
— Venha sozinho, não tenho talheres pra tanta gente.

Ela tinha desligado do jeito de sempre, sem nem um tchau. Ela queria que eu fosse sozinho, então iria sozinho. Ou levaria um garfo e uma faca a mais.

Eu nem sabia ao certo por que continuava indo aos encontros da turma. Ex-turma. Companheiros de antes. Cada um tinha ido pro seu lado, todos continuavam juntos, de algum jeito. Devia servir para alguma coisa, mas qual?

Liguei para a minha secretária VP. Ela ligou para o cliente e disse a ele que eu pedia milhões de desculpas, mas estaria com ele em meio instante. E então levantei daquela cadeira de couro italiano pela qual alguém pagou um preço indecente e fui até onde o cliente estava, para dar as melhores vindas a ele, em nome da nossa firma, para dizer a ele que esperava que nosso negócio em comum fosse uma enorme fonte de satisfação e dinheiro para todos, que esperava que ele tivesse vindo para assinar o contrato e irmos todos almoçar — mas que antes eu tinha essa questão com o valor do contrato para debater com ele. Ganhei os dois por cento, acho que teria levado até três por cento se tivesse entrado com mais força no assunto. Acho que é por isso que ainda não sou VP. Eles estavam morrendo de medo da ação, teriam feito qualquer coisa para ter a nossa firma com eles, não contra. Me vinguei de mim mesmo sugerindo esse restaurante caro e ruim, e pagando a conta do meu bolso. Não se aprende sem dor, é o que o meu VP sempre diz.

Esse ainda sou eu.

Na festa, na casa da Ana, dei azar e foi Tom quem abriu a porta.

— Oi, burguês.

— Tom. Pegue o meu casaco, por favor.

Ana chegou em tempo, para apanhar o casaco e dizer a nós dois para parar com essas coisas de meninos.

— Oi, Susi.

— Oi, Vat, nada de Château-neuf-du-pape; nada dessas coisas?

Vat é o meu apelido na turma. Tem a ver com o Vat 69, não necessariamente com o uísque. Coisa do tempo de faculdade, de que a gente nunca mais se livra, ao menos entre nós. Por vezes esse tipo de coisa vaza para o mundo, por mais que a gente cuide. Pode ser um problema.

— Nada disso. Vida simples.

Entreguei o vinho que tinha trazido, um chileno, preço médio, não entendo nada de vinhos, o preço é tudo.

Susi riu, ela sempre ri, diz que vai beber todo o meu vinho e ri de novo, deve ser engraçado, de algum jeito. Diz que é muito bom ver todo mundo junto.

— Todo mundo quem?

— Todo mundo.

— Vat, eu preciso de uma consultoria.

— Pessoal, o Marcos finalmente resolveu largar o cabide na Defensoria.

— Nada disso. Eu tenho um fim de semana numa pousada na serra. Quero saber o que a gente faz nessas horas pra garota fazer tudo o que a gente pedir.

— Podia ler pra ela o texto que publicou na Lex. Como é que era mesmo? "A função do Estado nas intervenções sobre heranças." Excitante.

— Que mulher ia resistir?

— Pessoal, eu perguntei pra quem entende. Se quisesse saber como não se faz eu já teria perguntado pra vocês. Se fosse o Tom ia levar num bufê a quilo e fazer a garota pagar a parte dela.

— Questão de igualdade.

— Questão de falta crônica de fundos.
— Tudo bem, Tom. As mulheres adoram um sujeito sensível e sem grana. Só não pode ser sem grana demais, e isso você não é. É?

Eu fiquei ali sentado olhando para o pessoal. Eles se encontram mais entre eles, nunca sei ao certo o que acontece. Ana pegou a minha mão.
— Oi, Vat. Sentindo pena de todos nós?
— Pena de vocês? Porque eu ia sentir isso?
— Bom, pra começo de conversa, por causa do trabalho horroroso que a gente faz. Eu, secretária de um desembargador. Marcos na Defensoria Pública. Dez deles, defensores, para todos os casos da cidade inteira. Defendendo sem recursos, sem estrutura, nada.
— O Marcos é um cara legal. Mas sabe por que ele entrou pra Defensoria Pública?
— Por quê?
— Porque Marcos quer ser Deus, na versão jurídica. Mesmo.
— Não fale assim dele.
— Mas é verdade. Ele é o cara. Bom, de quem mais eu ia sentir pena?
— Do Tom. Da Susi.
— Susi. Da Susi? Assistente do Procurador? Muitos privilégios e dois meses de férias.
— E o Tom?

— Tudo bem. Eu sinto pena do Tom. Mas não é por causa do trabalho.
— É por que então?
— Meu Deus, já olhou a camisa do Tom? O sapato?
— O que tem de errado com a camisa dele?
— Deixe pra lá. E cadê o marido da Susi? Ele nunca vem a essas festas.
— O Roberto? Tá trabalhando numa pesquisa. Acho que não gosta muito da gente. Conhece ele, não é?
— De vista.

Jantamos com bastante ruído e alguma conversa, mais ou menos como sempre. A sobremesa veio e foi, era alguma coisa com maracujá.

— O que vocês dois estão combinando, Marcos e Tom?
— A gente vai agarrar você todinha, Ana. Nós dois. A gente vem querendo isso desde a faculdade.
— Eu também quero.
— Tá, o Vat também.
— Eu também!
— Bom, a Susi também.
— Alguém não quer agarrar a Ana?
Eles riram, iam fazer o quê? Ana trouxe o estoque de champanhe-espumante, como a gente tem que

dizer agora. Eles brindaram a alguma coisa. Eu brindei também, com o copo saindo um pouco do lugar enquanto o Marcos servia. Eu tinha sentido e não tinha dúvida do que era, de quem era. Mão na bunda. Minha bunda. Mão da Ana. Ana?

— Pessoal, tá ficando tarde.
— Eu tenho esse curso amanhã, às oito.
— Tá, também tenho que ir.
— Foi ótimo.
— Semana que vem, lá em casa.

Saíram todos espremidos no elevador, rindo. Perguntei se alguém queria uma carona, mas estavam todos já acertados com alguém ou com o próprio carro. Deram tchau e combinaram de se ligar logo, na outra semana, churrasco na casa do Marcos, por que não?

Fui até o carro, andei umas três quadras, até uma loja de conveniência, para um refrigerante, nessa hora é o que eu preciso, antes de voltar. Não precisei tocar a campainha, Ana estava esperando e ela sempre gosta de dirigir tudo; não preciso pensar, não preciso fazer nada, com ela firme no comando, V1, aqui vamos nós. Ao final, ela diz que tem algo para anunciar e é sério.

— Eu vou me casar.
— Vai o quê?
— Casar. CASAR. Essas coisas.
— Puxa, legal. E eu.
— Despedida de solteira. Não conta pra ninguém?
— Claro. Puxa, e quem é o cara de sorte?
— Não adivinha?
— Eu?
— Vat, quem casaria com você?
— Puxa, tão horrível assim?
— As mulheres não são burras, Vat. Elas podem se confundir às vezes. Mas burras, poucas.
— E por que é burrice casar comigo?
— Pra ser sincera, até considerei a idéia, mas por pouco tempo. Definitivamente você não é material pra casamento. Uma delícia de cara, ótimo na cama. Todos acham. Todas. Susi?
— Susi?
— Mulheres falam.
— Caramba. Falam?
— Compartilham. Vocês deviam fazer o mesmo.
— Tá bom, vou compartilhar com o Marcos.
Ela me olhou de um jeito.
— O quê? O Marcos?
— Hum, hum. Quem pensou que fosse?
— O Marcos?
— Um amor de cara. Um homem que sabe o que

quer. E eu acho que ele me quer. Quero dizer, acho não, eu sei. E agora eu também quero.

— Puxa!

— Ele vai me convidar pra uma viagem à serra. Era sobre isso que ele queria falar com você.

— Ele vai convidar. Como você sabe?

— Eu sei, tá bom?

— Você vai ficar linda de branco.

— Vat, não seja tolo. Mas eu quero uma coisa rápida. Eu descobri que gosto dele, a gente saiu pra jantar umas vezes. Não, não rolou nada, ainda.

— E isso aqui agora?

— Já falei, despedida de solteira. Com um amigo querido, um momento, e agora eu assumo a minha condição de mulher séria. Vai ser uma aventura. A maior de todas. Me deseja boa sorte?

— Claro. Boa sorte. Tudo de bom e tal. Mas e se, sei lá, se o Marcos não quiser?

— Ele não vai querer?

— Vai sim. Ele vai querer.

— Então boa sorte pra nós?

— Claro, Ana. Tudo de bom. Pra valer.

— Quer dormir aqui?

— Não, se você não se importa.

— Tudo bem.

Na televisão, um documentário sobre camaleões em Sumatra, ou algo assim. Havia uma fila de bichos muito, muito feios, e uma versão tão feia quanto, mas colocada diante da fila. A voz da National Geographic explicava que os camaleões se submetiam à escolha da fêmea. Eles se colocavam diante dela e mostravam os seus chifres, umas antenas sobre a cabeça. Por algum critério não muito claro, ao menos para os humanos, as camaleoas escolhiam os seus parceiros. Não era o comprimento do chifre, nada disso. Era comum camaleões com chifres menores serem os eleitos. Devia ser a atitude deles, diante dos outros machos, diante das fêmeas. A atitude com que portavam seus chifres. Isso fazia a fêmea preferir um a outro.

Pensei que eu era a não-escolha número um das mulheres que conhecia, ao menos para acasalamentos. O que havia na minha atitude que parecia tão pouco interessante?

Na televisão, a fêmea ainda parecia um pouco em dúvida, antes de se mover com firmeza na direção do camaleão mais à esquerda do vídeo, e saíam felizes dali, para uma lua-de-mel em algum canto. Sobrava o outro camaleão e sua atitude.

Esse sou eu, pensei, antes de passar para um canal de esportes, onde um time A massacrava todo mundo de um time B em um jogo de futebol americano.

O presente certo tinha tomado uma manhã quase inteira. Um sábado de chuva, todo mundo tentando comprar alguma coisa ao mesmo tempo. Um inferno úmido e barulhento. Por que as pessoas se casavam? Considerei e descartei um vaso de cristal, uma super-hiper-torradeira, uma colcha em linho francês. Uma gravura do Stockinger, um candelabro italiano. Não queria invadir a casa deles, não queria ser impessoal demais. Tinha ligado pra Susi, perguntando o que a Ana gostaria de ganhar.

— Um tapete de juta.

— Susi, eu não quero dar uma coisa que todo mundo fique pisando em cima. Já é a história da minha vida.

— Ohhh!

— Tá, sério. O que eu posso dar a eles?

— Vat. Isso tem que ser uma coisa pessoal. Você vai ter que pensar e pensar e é isso.

— E se der errado?

— Então deu errado.

— Susi.

— Hum?

— Obrigado, ajudou pra caramba.

Ela riu, Susi.

Comprei uma caixa de champanhe mesmo, daquele que vem da Champagne, me pareceu mais simples. Mandei pra casa deles junto com um carregamento de morangos, torcendo pra que não chegasse em pasta. Eles iam entender, espero. Escrevi uma mensagem em um papel especial, cheio de algodão. Achei melosa demais a mensagem. Reescrevi. Reescrevi. No final escolhi um poema do Goethe. Uma coisa dramática, mas adequada, intensa.

Fiquei ali olhando, enquanto levavam o pacote e o bilhete.

Eu compro coisas. Esse sou eu.

Na entrada do clube uma mulher dos seus sessenta anos e parecendo bastante animada, veio dizer que esse era o dia mais feliz da vida dela.

— A minha Aninha!
— Ela é mesmo muito especial.
— A minha Aninha!

Achei melhor deixar a mulher ali, com a sua Aninha, e sair em busca dos conhecidos. Consegui um copo com vinho e uma cadeira perto dos outros, depois de dar os parabéns a parentes do noivo e da noiva.

— A Ana não ficou linda?
— Ficou, Susi.

Susi tinha se emocionado muito. Fez questão de dizer algumas palavras, perdeu a fala, a voz, chorou, derramou champanhe, tudo ao mesmo tempo. Ela foi ótima.

— Susi. Que show.
— Casamento me emociona.
— Ritual de passagem, marcar a nova propriedade. Tudo isso é tão emocionante.
— Tom!
— Tom, curta com a gente. São os nossos amigos.
— São os nossos amigos ficando mais burgueses. Classe B+, A–, uma dessas.
— Burgueses? Tom, quem ainda liga pra isso?
— À gloriosa revolução socialista, Tom!
— Vat! A ela. Teu banco vai adorar.
— Meu banco vai patrocinar, junto com a Maratona desse ano. Tudo bem com você?
— Tudo.
— Vat. Viu só o que espera você?
— Hum? Quem me espera?
— Não sabia? A Susi já ajeitou tudo.
— Susi?
— Eu e a Ana. A Ana agora acha que todo mundo tem que ter a sua chance. Já arranjou tudo. Pro Tom, uma prima que faz mestrado em Sociologia na Federal e adora sofrer. Pro Vat outra prima dela, médica. Linda.
— Ela já o quê? Sério?
— Maravilhosa.
— Susi. Eu estou bem assim. Vou tomar um vinho, fazer um brinde aos noivos e comer bolo.

— E conhecer a priminha. Maravilhosa. Eu vi. Uma graça. Moça prendada.

— Susi!

— Quem falou foi a mãe da moça. Eles plantam arroz. Ou tem a ver com pecuária, uma coisa assim.

— Vat, pelo visto você não tem a menor chance. Melhor se render.

— Eu. Olhem, vou tomar um ar. Digam que eu fui ali adiante.

Saí de perto. Tudo bem, então agora eu era um solteirão a ser combatido. Isso era novidade. Até agora ninguém tinha demonstrado muita preocupação com o meu estado civil.

— O senhor aceita?

O garçom tinha oferecido uma coisa cheia de uma pasta preta em cima, que devia ser caviar. Caviar? Ana e Marcos cometendo loucuras?

Primeiro senti o cheiro do caviar, uma emoção forte. Na seqüência perdi controle sobre a torrada e o caviar veio parar todo sobre o casaco. Soltei um palavrão e olhei em volta.

— Jogando fora o caviar da festa! Que chato!

Olhando para trás eu vi a mesa, colocada em uma varanda junto ao jardim e com um enorme buquê em cima, e uma garota sentada ao lado. Rindo. De mim.

— Eu não joguei fora. Ele tentou o suicídio. Não deve gostar de casamentos.
— Coincidência!
— Você também não gosta de casamentos?
— Eu? Nada disso, nada contra casamentos. Mas eu não estava falando de mim.

Eu olhava e olhava, me perguntando se já conhecia de algum lugar. Não conseguia lembrar dela, mas o riso era tão aberto, tão confortável. Não nos conhecíamos de algum lugar?
— Desculpe, mas?
— Não, não nos conhecemos. Quero dizer, não pessoalmente. Mas eu já ouvi falar de você, é claro.
— Já ouviu falar de mim?
— Ana falou. Você não é o Vat, para os amigos? Solteiro, grande escritório, grande futuro?
— Esse sou eu?
— Mais um ou outro detalhe que não cabe a gente falar a respeito agora.

Ela riu de novo. Ela devia ter os dentes mais brancos e perfeitos, a melhor criação da ortodontia que eu já tinha visto.
— Oi, meu nome é Marina. Amiga da Ana, de colégio. A gente não se via até uns tempos atrás, quando ela me ligou pra convidar pra festa. Tudo bem?

— Tudo bem. Eu sou o Max, de Maximiliano; desculpe, aqui me chamam de Vat, sou solteiro e trabalho num grande escritório e tenho um grande futuro.
— Mas é um cara difícil.
— Sou um cara difícil?
— Com as mulheres. É o que falam.
— É o que falam. Mais alguma coisa?
— Deixa eu ver. Não, acho que era isso.
— E você?
— Eu não sou difícil com as mulheres.
Ela ria.
— Não é difícil com os homens?
— Os homens já são tão difíceis sozinhos. Pra que eu ia ajudar?
— E também é advogada e trabalha em um grande escritório, essas coisas todas?
— Não, nada disso. Mas sobre mim você logo vai saber mais.
— Vou?
— Hum, hum. Daqui a pouco. Vamos falar de você. Parece mais divertido. Falemos da sua pretendente, por exemplo.
— Ah, você já sabe?
— Da Laura? Claro.
— E qual é a Laura?
— Consegue olhar lá embaixo, no salão?
— Consigo.

— Vestido azul claro, cabelo preto. Ombros de fora. Vê?
— Hum, hum. Então essa é a Laura?
— Médica. Partidão. Terras.
— Parece bom.
— Parece ótima.
— E você?
— Eu pareço ótima?

Ela parecia ótima. Havia o jeito de rir, mas isso já foi dito. Ela também estava com ombros de fora, o cabelo era castanho, o vestido mostrava mais. Achei que ela parecia ótima. Laura? Eu nem gostava de campo.

— Está na hora.
— De quê?
— De você ir conhecer a Laura. Você não ia fazer uma coisa rude dessas com a moça, ia?
— Não ia?
— Não devia. Ela está esperando você. Ia ser muito chato pra Ana.
— A gente não quer que a Ana fique chateada, não é?
— Hum, hum. De jeito nenhum. Vamos?

Levantei primeiro, depois virei para ajudar a Marina com uma coisa que ela usava sobre os ombros, como se chama? Notei algo, mas não notei. Como se houvesse alguma coisa, na maneira como ela se ergueu, mas não sabia dizer o quê.

Começamos a caminhar e então vi que Marina pisava de um jeito estranho, como se o pé estivesse machucado, ou algo assim. Eu ia perguntar, se podia ajudar, mas não era isso. Percebi em tempo que não era nada disso. Ela olhou com aqueles mesmos olhos, grandes, rindo, olhando de um jeito que eu não lembrava de ter sido olhado. Ela olhava pra mim.

— Bela. Mas, coxa.

Se onde eu conhecia a frase? Era um livro. Ninguém diz coxa mais, não hoje em dia. Manca, ela?

— Memórias Póstumas!

— Muito bem. Hum, advogado promissor, limpinho, bem arrumado, leu Machado e não é gay.

— Isso me torna interessante?

— Demais para nosso caso.

— Nosso caso?

— Laura. Lembra?

— Não.

— Max! Sinto muito, mas eu sou um caso raro. Uma mulher solidária para com as mulheres. Vamos à Laura?

Eu ri. Ela estava mesmo falando sério. Nada de Marina pra mim. Hoje ia ser Laura. Bela, mas coxa. Coxa, mas bela.

Fui até a Laura, para dizer a ela que achava que nos conhecíamos de algum lugar. Ela era prima da Ana! Ora. Que ótimo.

Nós estudamos juntos na faculdade. Eu e a Ana. Éramos grandes amigos. O Marcos também. Grande sujeito. E ela, Laura? Médica? Que ótimo. Eu tinha dores. Onde? Por tudo quanto era lado. Coisa da idade. Ela riu. Idade?

Fomos até onde estavam os outros. Bebemos mais champanhe, brindamos a tudo, a todos.

E não tirei os olhos por mais do que uns minutos de onde Marina estava. Procurava por ela quando não a via. Olhava com um certo jeito quando afinal a encontrava. Esse, mais ou menos, não era eu.

Passo muito tempo na cozinha, gosto de sentar perto do fogão, lembro da minha avó, que insistia em usar um fogão a lenha. Eu era fascinado por jogar gotas de água sobre a chapa quente e para elas evaporarem antes mesmo de tocar o metal. Quem nunca viu isso, não viu nada.

Instalei um fogão a lenha na minha cozinha, mas quase nunca faço fogo, entre outros motivos porque a fumaça ia me deixar ainda menos popular no meu prédio e eu já não sou dos mais apreciados por minhas vizinhas, que acham que eu sou um mau exemplo para os maridos delas. Isso é muito, muito engraçado.

Gosto de sentar para ler os jornais do dia, gosto de pegar uma cerveja gelada e ficar ali, em silêncio. Gosto de levantar pra pegar uns tomates e fazer um suco. Não gosto tanto quando a tampa do processador salta bem na hora em que um tomate enorme está sendo suquificado, e aquela gosma toda salta na minha camisa. Merda!

Sobrou menos da metade de um copo e isso deve ser uma mensagem. Completo o copo com vodca, pimenta e gelo. Finalmente sento diante do telefone. Estou nervoso, seguro o telefone e olho para ele.

— Alô?
— Marina?
— Perdi a aposta.
— Aposta?
— Apostei que você iria ligar em MENOS de três dias. Onde foi que eu falhei?
— Eu viajei a trabalho.
— Não viajou não.
— Eu estive doente.
— Isso pode ser. Há anos.
— Marina, pensei que a gente pudesse fazer alguma coisa.
— A gente está fazendo alguma coisa.
— Juntos.
— Ah.
— Com quem você apostou?

— Com a Ana. Ela não deu o meu telefone pra você? Quer dizer que eu não sou tão irresistível assim? Tristeza a minha.
— Quer dizer que não foi tão simples ligar pra você quanto seria ligar pra outras pessoas.
— Outras mulheres.
— Outras mulheres.

— Não foi?
— Não foi.
— Bom, economizei dez centavos da ligação que eu ia TER que fazer se você se mostrasse um frouxo e não me ligasse.
— A gente poderia fazer alguma coisa juntos?
— Poderia.
— Quando?
— Já estamos fazendo.
— Mais juntos do que isso.
— Hoje?
— Hoje. Passo aí às nove?
— Traga um vinho bom. A sopa Maggi fica por minha conta.
— Marina.
— Hum?
— Eu pensei em ligar antes.
— Vat.
— Hum?
— Eu acredito.

O apartamento dela era limpo. Não sei mais o que poderia dizer de um lugar tão branco. Liso. Limpo. Ela era lisa.

— Eu tinha que ser rápida.
— Não me deu tempo de respirar. Na festa, quero dizer. Eu lá, com a Laura, a minha prometida, e você tirando o meu fôlego.
— Eu falei. Eu tenho que ser rápida.
— Como assim, rápida?
— Coxa, certo?
— Tá, ok.
— Mas não o tempo inteiro.
— Como assim?
— Sentada, não.
— E o que isso quer dizer?
— O óbvio! Que sempre tive que ser rápida. Sentados somos todos iguais, e as minhas chances são as mesmas de qualquer outra garota maravilhosa como eu. Esse é o meu tempo. Uma hora a gente tem que levantar. A partir dali eu viro coxa. O meu tempo é antes.
— Funcionou comigo.
— É mesmo?

Ela ri. Já adoro o jeito que ela ri. Marina ri inteira, toda ela sacode com o riso.

— Marina.

— Hum?
— Você é mesmo assim?
— Sentada ou em pé?

Eu parei com aquilo tudo e dei um beijo nela. Achei que essa era a hora em que a gente se beijava. Ela me olhou e beijou de volta. Acertei, dessa vez.

— Vat.
— Hum?
— Uma coisa.
— Eu acho que eu sei qual é.
— Eu sou rápida.
— Vírgula, mas.
— Vírgula, mas. Mas sempre sabendo qual é o tempo.
— Eu entendo.

— E quem decide quando é o tempo?
Ela só olha de volta.
— Podia ser agora.
— Podia.
— Mas não é.
Ela apenas olha de volta. Eu coloco o casaco.
— Eu vou voltar.
— Vai.
— Você quer que eu volte?

— Quero.
— Você quer que eu saia?
— Quero.

Ela fecha a porta, o elevador chega e faz "plin". Ao mesmo tempo em que a porta do elevador se abre, a porta dela se abre. Ela ri e diz:
— Acho que agora, sim.

O meu Vice-Presidente é um cara duro. Ele olha para todos ao redor da mesa e o que se espera é que a gente sinta muito medo. Eu não devia saber quanto ele ganhou no ano passado. Não precisava saber que ele é gay e namora um garoto que estuda artes, mas sei. O que mais eu sei sobre ele são coisas que eu realmente devo e preciso saber.

Aline está comigo, além de um sujeito do setor financeiro, outro da área tributária. O VP hoje fala duro.

— Tudo bem. A gente tem pouco tempo e a reunião está chegando. O pessoal de São Paulo fica me perguntando como vão as coisas e eu tenho que dizer alguma coisa pra eles. O Presidente fica me ligando. Então é bom vocês me dizerem como estão as coisas.

Silêncio.

— É isso que vocês têm pra me dizer?

O financeiro diz que não.

— Não é só isso. A gente tem trabalhado duro no caso. Mas eles ficam mudando de posição o tempo todo. Uma hora querem saber como a gente gerencia as questões jurídicas deles nos foros daqui, depois a preocupação é com o Mercosul. Depois é a legislação trabalhista.

— Os caras parecem que não sabem o que querem.

O VP acha que está na hora de se mostrar muito, muito mau. Ele até bate na mesa. Eu fico muito assustado, não sei bem ao certo o que os outros sentem.

— O Presidente me liga, nada de secretária, nada. O que eu vou dizer a ele? Que eles não sabem o que querem? A maior telecom do país vem até nós dizendo que vão escolher um parceiro jurídico e eles não sabem o que querem? Max?

Olho para a Aline e é ela quem fala.

— Eles estão testando a gente. Eles estão vendo o nosso tempo de resposta, o tamanho da equipe. Eles estão vendo se a gente sabe entender o jogo.

— Max?

— Ela fala por mim. Ela sabe tudo.

— É isso mesmo?

— É isso mesmo. Eles estão testando a gente e mais umas outras três ou quatro firmas de São Paulo, Rio. O que vocês fariam se fossem eles?

— E o que a gente está fazendo?

Todos se olham. Esse é o meu momento. Então levanto e mostro pra eles o caminho entre nós e o céu. V1 ficou muito para trás.

— A gente está fazendo nosso tema de casa. Dêem uma olhada nisso.

Abro uma tela de projeção e começo a mostrar números, regiões geográficas. Eu falo, todos ouvem, o VP continua mau, mas eu sei o que ele está pensando. Aline sorri e toca a minha perna por baixo da mesa.

— Eu sempre quis morar fora da cidade. A gente vai plantar galinha, pescar feijão e viver lá pra sempre.

— Som, um jogo de xadrez. Livros. Só o básico.

— Casaco, cadeira, guarda-sol, isopor, galocha, pá, lanterna. A gente vai fazer rali ou vai pra praia?

— Eu já fiquei preso um dia inteiro numa barreira que caiu. Acho bom a gente prevenir.

— Você está prevenido pra uma guerra bacteriológica.

— Eu vou passar um fim de semana na praia com uma mulher. Dá quase no mesmo. E você, não trouxe uma tonelada de maquiagem, hidratante pra falta de água, pra excesso de sol, pra areia, vento nordeste, tudo?

— Vat. Você andou saindo com outro tipo de mulher, querido. A tia Marina vai te mostrar o que é uma mulher simples e econômica. Quem dirige?

— Quem dirige?

— Quanto bem você dirige? Nunca viajei com você.

— Bom, eu dirijo bem. Quero dizer, bem.

— Eu dirijo muito bem. Vou eu. Tá ok pra você?

— Claro. A praia fica pra aquele lado.

— Você dirige bem mesmo?

— Hum, hum. Eu faço bem tudo o que se faz sentada.

Não digo nada, aperto a bunda dela e estamos bem.

Na estrada, ela insiste em parar para comer milho verde, tomar água-de-coco e comprar melancia.

— Marina!

— Eu sempre adorei isso. Parar, quero dizer. Pra que a gente tem sempre que ficar chegando em tudo que é lugar?

— Pra chegar? Eu vou até um lugar pra chegar até ele.

— E o que acontece no meio, não acontece?

— O que tem no meio?

— Marina.

— O quê?

Ela diz isso e cospe um caroço de melancia. Meu Deus, eu acho que preciso dessa mulher.

— Me chame de Max.
— Max.
— Nada de Vat. Pode ser?
— Max. Max. Max. Max. É, acho que dá.

O sol está se pondo quando eu consigo fazer a gente chegar até a cabana. Por ela, a gente ainda estaria comendo melancia em algum lugar no caminho.

— Max, isso é lindo mesmo.
— Hum.
— Vem sempre aqui?
— Não.
— Não trouxe outras mulheres aqui?
— Sim, mas com cuidados.
— Então isso é especial.
— Você e eu?
— Sim.
— Se isso fosse um filme.
— Se isso fosse um filme?
— Essa é a parte logo antes de um de nós descobrir que tem uma doença grave. Ou morrer num acidente de avião. Sabe?

— Melhor então que seja um filme iraniano. Não acaba nunca.
— Melhor que não seja um filme.
— Marina.
— Hum?
— Isso não é filme.

A gente se beija, ela mostra que trouxe uma esteira na sacola e diz que quer sexo.
— De novo?
— Coxa, mas não frouxa. Você agüenta, mané?
— Sei lá.
— Vem cá com a Marina. Vamos ver o que a gente consegue.

Marina acaricia o meu pau, que reage. A gente nunca sabe o que um pau realmente vai fazer, isso as mulheres não entendem. Um pau é um cara com idéias próprias e o meu é um anarquista filho-da-puta, na maior parte do tempo. Dessa vez ele colabora e a gente transa por tanto tempo que eu vejo mais de um vulto se afastando de nós. Ou tiveram um sexo ao vivo grátis, ou foram tímidos.

Pela primeira vez eu olho pra valer para o joelho dela e a cicatriz logo abaixo.
— Não vai perguntar, não é?

— Não.
— É o primeiro cara que não pergunta nada.
— Eu pergunto um monte de coisa.
— Não sobre a minha perna.
— Que perna?
— Me fez pensar que você podia ser um cara legal mesmo.
— Enganei você direitinho?
— Caí feito uma patinha. Agora é tarde.
— Se apaixonou?
— Quase. Foi um cara bêbado. Me atropelou em cima da calçada. Eu vinha voltando de uma festa, com umas amigas. O pessoal dizia, "Olha a perna, a perna dela!" E eu não olhava. Não olhei por um tempão. Quase amputaram, meu pai não deixou.
— Que idade você tinha?
— Dezesseis menos três meses. Fiz aniversário num quarto de hospital, depois da terceira cirurgia. Você não perguntou porque não era importante?
— Sim. Quero dizer, é importante pra mim porque é seu. Sua. Mas não é importante pra mim. Entende, não é?

— Max.
— O que foi?
— Eu casei na festa, sabia?

A gente está na estrada, chegando de volta à cidade. Dá pra ver as luzes se aproximando, e temos escolhas a fazer. A saída para a casa dela é antes. Seguir em frente significa irmos até a minha casa. Ela pergunta antes.

— Mi casa, ou su casa?
— Da sua casa eu posso ir embora, de manhã. Da minha eu não posso.

— Mi casa, ou su casa?
— Mi casa, Marina.
— Su casa?
— Eu não quero ir embora.

Esse não sou eu.

Os dois tinham pedido pra gente almoçar em um lugar legal. Legal pra esse tipo de encontro quer dizer discreto. Discreto quer dizer algum hotel. Num hotel a gente sempre pode dizer que se encontrou por acaso, que os dois estão ali a trabalho e eu vim por algum motivo muito, muito outro. "Puxa, que surpresa vocês dois por aqui, o que fazem na cidade?" Eles riem alto, pra mostrar que não existem segredos entre nós e o mundo. Dizem algo como, "A gente pode te contar, mas vai ter que te matar depois, hahahaha", e então sentamos para o almoço e negociação. Hotel é público o bastante pra não ser suspeito e discreto porque qualquer um pode estar ali. Homens e mulheres que querem trepar no horário do almoço também fazem isso. Não era muito diferente do que estava acontecendo agora.

— Max, eu falei ao Márcio que você era o melhor.
— Ele me falou, isso mesmo, Max.
— Que em toda aquela sua firma ninguém chega perto de você.
— Foi o que ele disse, isso mesmo.
— E é foda, meu. Uma hora o cara tem que pensar.
— É, todo mundo tem que pensar. Um dia.

Olhei para eles. Os dois deviam vir com uma etiqueta, para ser mais fácil diferenciar um do outro.
— E vocês acham que o meu dia de pensar é hoje?
— Todo dia é dia. A gente é que só podia vir até aqui hoje.
— Pense, Max. Essa é a época da informação. Informação vale tudo.
— Tudo talvez não, Max. Mas vale muito. Quase o que você quiser.
— O que eu quiser?
— Isso. Mais ou menos.

Disse que ia pensar, os dois ficaram ali, pedindo o melhor licor da casa, aproveitando que hoje a verba era sem limite.

Passei numa livraria, eles têm um café e a gente pode sentar ali sem parecer um inútil, enquanto não faz nada a não ser pensar. O meu pai era um cara estranho, que dizia coisas estranhas para mim, um garoto que tentava ficar o mais longe daquele sujeito cheio de ordens impossíveis e cheiro de loção de barba. Eu nunca, nunca uso loção de barba. O meu pai dizia que era honesto, mas que nunca tinha sido testado de verdade. Ele ria e dizia que tinha faltado uma proposta irrecusável na vida dele, para saber do que, afinal, ele era feito.

Ao menos uma vez na minha vida, quis que ele estivesse por perto, e justamente dessa vez, é claro, ele não estava, não estaria, e não havia o que se pudesse fazer. Mais uma vez o meu pai tinha falhado comigo, a diferença era que dessa, ao menos, sem culpa ou vontade, acho.

— Eu só fui dar pro meu terceiro namorado. Já era velha, tinha uns quinze.

— Velha?

— As minhas colegas já davam há horas. Eu era mais lenta nisso. Mais rápida no resto.

— E foi bom?

— Tá brincando? Já foi pra cama com um garoto de dezessete?

— Acho que não.

— Foi depois desse que eu perdi a coisa, sabe?

— A coisa?

— A fé. A crença. A fantasia. Como é que se chama esse negócio? Sei lá. Mas foi assim: num instante eu ainda acreditava, sabe? Cara ideal, música ao fundo, casamento, viver feliz pra sempre. No instante seguinte, puf. Virou fumaça.

— E o que apareceu no lugar? Da fantasia, quero dizer?

— Isso aqui. O que a gente está fazendo.

— E o que a gente está fazendo?

Ela não responde. Chega mais perto e me beija. É isso que a gente está fazendo?

— E você?

— Eu?

— A fantasia. Teve, perdeu, como foi?

— Encontrar a mulher ideal, casar, viver feliz pra sempre?

— É.

— Sempre achei pra sempre um tempo longo pra caramba. Quanto é pra sempre? Acho que eu sempre acreditei mais em de vez em quando do que pra sempre.

— De vez em quando?

— Hum, hum.
— Tipo, pode ser agora? Como estamos?
— Estamos bem.

Ela diz que a perna dói um pouco. Deve ter sido o esforço. Cada posição! Eu beijo a perna dela, a perna coxa, enquanto ela olha.
— Sabe o que está fazendo?
— Hum?
— Beijando a minha perna assim?
— Estou fazendo mágica. Fazendo a dor ir embora.
— Não, nada disso.
— Fazendo limpeza de pele.
— Está fazendo eu me apaixonar por você. Mais.
— É só dar beijinho na perna e pronto?
— Eu tenho uma coisa pra você. Não sabia se dava, agora sei.
— Pra mim?

Marina vai até a bolsa e tira uma caixa. Estende para mim.
— Eu vou entender se você não quiser usar, mas eu olhei e quis pra você. Como símbolo do meu amor e da minha apreciação por todos os serviços prestados.

É um anel largo, prata, fosco.
— Um designer criou, achei muito bonito, quis

dar pra você. Não quer dizer nada. Quer dizer um monte. Tá bom?

O anel se encaixa no dedo médio, deixo ele ali. Esse não sou eu.

— Eles queriam o quê?
— Fazer uma compra.
— Comprar?
— Me comprar.
— Te comprar?
— Suborno. Compra. Como você achar melhor.
— Mas você já tem dona, querido. Diga a eles quem têm que falar comigo.
— Eu digo.
— E o que eles querem comprar? O que você tem que eles querem?
— Uma telecom. Telefonia fixa, faturamento de mais de trinta milhões por ano pra firma que eles escolherem, contrato mínimo de quatro anos. O nosso escritório está na frente e os outros sabem.
— E o que você pode fazer por eles?
— Entregar informações de dentro. Sabotar os trabalhos da equipe, o que você conseguir pensar, dá pra fazer. Isso se faz o tempo todo.
— E você já fez isso?
— Não, nunca. Ainda.
— Está pensando em fazer?

— Não sei.
— Não sabe?
— Não. É muito dinheiro. Sabe coisas que eu pensava em fazer, sei lá, daqui a dez anos, se é que iria acontecer?
— Não sei. Que coisas?
— Aquele apartamento em Paris, no Marais. A casa em Búzios, com frente pro mar. A cobertura com piscina. Essas coisas.
— Daqui a dez anos?
— Pode ser agora.
— Eu entendo.
— E o que você acha?
— Acho que vou querer aquele café agora.
— Agora?
— É.

Fiz café e levou muito tempo. Fiz fogo no meu fogão usando lenha bem seca, pra não incomodar os vizinhos além do necessário. Coloquei o bule que era da minha avó sobre a chapa, esquentei a água e insisti em moer o café. Quando tudo ficou pronto ela já tinha ido dormir, o que foi bom. Não gosto de me olhar nessas horas, muito menos de ser olhado, tendo que explicar o que me vai pela alma. Talvez por isso os casamentos sejam tão difíceis, talvez.

VP, ou não VP? Acelerar ou deixar tudo como

está? Onde está essa maldita V2, que nunca chega, por mais que eu ande e ande.

Fiz um café tão forte que precisei ficar ali e comigo mesmo por horas, antes de finalmente pegar no sono com as luzes acesas e a televisão ligada, do jeito que Marina me encontrou quando finalmente sentiu falta de mim na cama.

Antes de dormir de verdade ela falou sobre a coisa, a proposta de compra, minha alma imortal por muito e muito dinheiro, amém. Ela falou que não conseguiria viver com algo assim. Acho que ela queria dizer que não conseguiria viver com alguém capaz de algo assim, e então eu perdi o sono de verdade.

— O cara tem uma mania.

O VP nos olhou com jeito de quem não acreditava no que ouvia.

— Uma mania? Uma mania? Então o cara tem uma mania. A gente paga pra descobrir coisas que nos interessem sobre um sujeito que nos interessa e recebemos isso? Uma mania? Arrumem alguém que não tenha uma mania. Minha tia-avó gostava de cheirar benzina. Ou será que o sujeito é tão estranho que tem mesmo e apenas UMA mania. Isso seria novidade. CEO de uma telecom, ganhando milhões justamente para poder pagar por montes de manias, e resolve ter apenas uma?

— Jukebox.
— Jukebox?
— Aquelas máquinas de música, que a gente vê em bar. Que a gente põe dinheiro e elas tocam.
— Ah. Jukebox. O cara é tarado por moedinha?
— Por jukebox. Tem umas sete em casa, de que ele mesmo toma conta, faz manutenção. Tem uma no escritório. Dizem que se algum cara dança na empresa dele, ele faz ir até lá e põe um tango. De despedida.
— O que ele vai tocar pra gente?
— A gente vai sambar.
— Vai dar rock.

Todos se entusiasmam. Riem. Essa gente é assim, adora ouvir que são o máximo e que tudo, tudo vai dar certo. Por isso compram aqueles livros no aeroporto, vejo os que não estão assustados demais na decolagem lendo os seus guias de como ser insuportavelmente bem-sucedido nessa vida, na outra quem sabe, se as coisas não andarem como devem nos próximos segundos de nossas vidas. Bom, sabemos o que temos de saber. Sabemos o que temos de fazer. Apresentei o caminho e a verdade para eles nas últimas duas horas e meia, minha sagração como o mais jovem VP da história da firma, desde que ganhando essa conta, claro. Também assisto ao financeiro apresentando a nossa proposta completa, ao jurídico estabelecendo as linhas de trabalho; planejamento desenvolvendo toda a nossa estrutura nacional de atendimento a esse cliente e seus muitos, muitos problemas.

Uma parte de mim ouvia tudo, a minha mão recebia com cuidado as pastas que eles me passavam, marcadas Confidencial, todas elas, uma outra parte ficava somando e somando. Uma manhã cheia, que merecia uma tarde mais calma.

— Max.
— Hum?
— E a garota?
— Garota?
— A sua namorada. Dizem que é sério.
— É sério.
— E isso aqui?
— É sério.
— Max!
— Quer falar sobre isso?
— Não.

Aline riu alto quando belisquei a perna dela, bem em cima, como sei que ela gosta. Ela estava contente e com motivos. Se ganharmos essa conta ela começa a ver o céu. Disse a ela que virasse um pouquinho, porque eu queria simular essa coisa que a gente ia fazer com os nossos concorrentes, e ela então riu um pouco mais alto, disse que não, nem pensar, mas fez.

Marina saiu antes de mim, pela manhã, me deixou uma lembrança. Olho o que está ali sobre a mesa, é um brinco, apenas um.

No escritório eu preciso procurar um pouco até encontrar a Aline, que foi fazer uma pesquisa. Eu tiro a mão do bolso e mostro o brinco para ela, que agradece.

— Puxa, que bom que você encontrou. Eu adoro esse brinco. Onde estava?
— Lá em casa. Achei hoje de manhã.
— Max.
— Sim?
— Tudo bem?
— Claro.

— Isso não é uma cena, Max.
— Mas, por quê?
— Eu sei o que eu sinto. Você sabe o que sente?
— Eu sei o que eu sinto.
— E o que você sente?
— Eu sinto o mesmo que você sente.
— Mas não do mesmo jeito.
— Não sei.
— Vai haver outras mulheres?
— Eu não sei.
— As chances são mais pra sim do que pra não?
— Sim.

— Por quê?

— Eu não quero ficar com outras mulheres. Mas não quero viver numa camisa-de-força. Por que não se pode tentar outros jeitos?

— Outros jeitos? Eu posso falar sobre outros jeitos. Eu já fiquei com caras, Max. Gostando de um cara e ficando com outro. Sabe o que acontece? No outro dia eu estou pensando em dois caras. Gostando de um e pensando em dois. Não dá, Max. Essa coisa não pode ser vendida separadamente.

— Não sei se é assim.

— Podia ao menos ser mais cuidadoso. Olhar embaixo do travesseiro.

— Eu sinto muito.

— EU sinto muito. Você sente culpa. É diferente.

— Marina. A gente se encontrou. Eu não quero que a gente se separe.

— Mas não quer fazer o tipo de entrega que eu quero.

— Não sei.

— Não sei é não, disfarçado de não sei.

— Não sei.

— Max.

— O quê?

— Acho que a gente não deve se ver mais. Isso iria acabar em mais choro. Já vai acabar em choro. Garanto.

— Marina.

— A gente tem que fazer o que acha que tem que fazer, não é Max? É isso.

Ela virou e saiu sem olhar pra trás, bem como eu sei que ela sempre se vira e sai. Ela é assim.
Eu olho pra trás, o tempo inteiro. Esse ainda sou eu.

É divertido demais ver gente grande se fazendo de criança. Fazendo beiço, pedindo mais doce, pedindo o impossível e se jogando no chão, fazendo cena e pedindo sorvete antes do jantar.

A telecom tinha chegado ontem à noite, segredo de estado, hotel fora da cidade, tudo muito sério. Quem esse pessoal acha que engana?

— E a gente acha que precisa saber mais sobre o sistema de vocês. Como ele se harmoniza com o nosso.

— E como a gente vai sincronizar nosso sistema de manutenção de casos em nível nacional. Vocês precisam nos dizer como pensaram essa estrutura.

Deixo eles brincarem um pouco mais, crianças são assim mesmo. Disse ao meu VP ontem que deixasse comigo. Ele pareceu em dúvida, mas gostou de ter um cara entre ele e o desastre, caso esse viesse a acontecer.

Não se chega a VP por nada, é o que eu sempre digo. Agora acabou o tempo, moçada.

 — Sincronizar o quê?
Todos fazem silêncio.
 — Sincronizar o quê?
 — Como assim?
 — Verificar se o nosso sistema está estruturado para o modelo de operação de vocês? Que conversa é essa?
 — Max, eu.
 — Um instante. Vocês devem ter feito alguma confusão.
 — Nós?
 — O que vocês acham que isso aqui tudo é?
 — Max, nós.
 — Vocês estão brincando com a gente. Nós fizemos um trabalho sério e vocês vieram até aqui brincar com a gente.
 — Max.

Eu estou de pé, diante da mesa e todos me acham muito, muito indignado com a injustiça que cometem contra a nossa empresa.
 — Eu estou aqui há duas horas ouvindo todo o tipo de bobagem. Vocês não poderiam mais estar per-

guntando esse tipo de inutilidade. Isso aqui é uma decisão. Decisão se decide.
— Max. Você não está entendendo.
— Eu não estou entendendo? Estou nesse processo há quase três meses. Eu conheço essa operação ao avesso, o escopo, a hierarquia dentro das empresas. Sei o que a gente tem que fazer e o que vocês estão buscando. Então pra que esse monte de inutilidade?
— Max.
— Nós somos a empresa que vocês estão buscando. Vocês sabem, a gente sabe. A gente se equipou pra atender vocês como ninguém atende, no mundo inteiro, e vocês sabem disso.
— Max.
— A gente vai descer.
— Max!
— A minha equipe vai descer e aguardar um tempo decente. Vocês pensem e decidam. Se decidirem por nós, simplesmente nos chamem e voltamos aqui, todos, pra matar as saudades e matar por vocês, daqui pra frente, vocês sabem disso. Se não quiserem ligar, não liguem, simplesmente voltem pra casa e expliquem pra diretoria de vocês que não contrataram os melhores parceiros porque eles não quiseram ser tratados como palhaços.

Descemos todos e vamos para uma sala grande e confortável. Eles olham para mim, eu olho para a janela, umas nuvens diferentes decidiram aparecer, justamente hoje.

O telefone toca. Um dos executivos pega o telefone. Escuta. Os outros olham. Ele baixa o telefone.

— Estão nos chamando de volta.

Marina tinha colocado um vestido que eu adoro, mas não quis jantar comigo. Não quis conversar, já tinha tudo organizado e certo. Falou que sabia o porquê de tudo, que eu tinha decidido tudo, minha vida estava escrita e que muito provavelmente eu ia mesmo me vender pros caras de São Paulo e comprar a casa em Búzios e o apartamento em Paris e não ia poder ter ela por perto, sabendo o que eu tinha feito.

Para mim, pareceu uma boa argumentação, e não terminamos como amigos, não era a vontade. Também não vai ser fácil para ela ficar sabendo se eu me vendi ou não. Ninguém faz tudo de um jeito tão óbvio, isso só mesmo nos filmes e não nos melhores; nada acontece assim, tão rápido e simples, nada disso. Eu nunca iria fazer uma bobagem dessas e podem dizer muitas coisas de mim, e dizem; entre elas não deve se incluir que eu seja ingênuo ou mau. Eu sou apenas um sujeito com os dedos já ficando brancos de tanto apertar um braço de poltrona que não sai do lugar como deveria. Eu sou um sujeito avançando na pista a uma velocidade ao mesmo tempo incontrolável e insuficiente. Eu sou apenas mais um, entre tantos e tantos, trancados entre uma V1 que ficou para trás faz tempo, e uma V2 que eu honestamente começo a duvidar que exista.

    Esse, e simplesmente esse, sou eu.

7_banco de sêmen//

Eu nunca vou ter meu filho com um cara que não sabe sequer o meu número de sapato. Um sujeito tão desatento nunca ia ser um bom pai, nunca. O meu último ex chegou com o que ele acreditou ser o presente perfeito pra mim: uma sandália dois números ACIMA do meu. Fiquei olhando para a sandália e pra ele, sem saber qual dos dois eu sentia mais vontade de jogar pela janela. O meu pé não é grande. Ele só tem esse formato mais alto, só isso. Eu nunca ia mesmo ter um filho com um cara desses.

    Comecei a perceber a coisa faz um tempo, como comecei a perceber que precisava de óculos. Não é nada que a gente acorde e pronto, aconteceu, nada disso. Os óculos, por exemplo, todo mundo na minha família usa, um filho meu vai acabar usando, acho. Bom, todo mundo, menos eu, que via tudo até que fui ler uma revista que achei muito mal impressa, as letras meio fora de foco, pra finalmente perceber que era eu quem estava ficando fora de foco. Claro que então todos vieram dizer que já me observavam forçando os olhos fazia tempo, que só não diziam nada para não me incomodar e tal. Fiz os óculos mais legais e descolados que consegui encontrar e então fui pra casa e chorei tanto que quase não conseguia colocar os óculos depois, de tão inchada. O pior mesmo é a pele, do jeito que ela vai e vai mudando e o bebê que você era aparece com rugas que não estavam ali ontem e nunca, nunca mais vão sair, a não ser que você decida que chegou a hora de você e a cirurgia plástica darem oi uma pra outra. É assim.

Com dezessete eu conheci um garoto em uma festa, não dei pra ele depois de um mês pensando no assunto — fui antes resolver umas coisinhas com um amigo do meu pai que me olhava de um jeito engraçado —, voltei e namorei o garoto por quase dois anos, agora já mais tranqüila.

Com vinte conheci o amor definitivo na forma de um estudante alemão que veio fazer um estágio aqui, acho que de arquitetura, mas foi mesmo de zoologia, pelo que ele experimentou de espécimes da fauna local. Fora a resistência a tomar banho todos os dias, ele era uma coisa muito queridinha e o nosso amor teria sido para sempre se ele não tivesse voltado pra Alemanha e conhecido uma zóologa de Stuttgart, ora vejam. Sofri, chorei, ouvi muita música de fossa e só fui me curar em definitivo em um congresso de estudantes de Comunicação no nordeste, onde me comuniquei pra caramba. Voltei especialista em lambada e com uma doençazinha do tipo que o tempo e derivados da penicilina dão um jeito. Merda de loucurinha do momento, nada de camisinha e isso.

Vinte e quatro e tive meu primeiro amor racional, com um cara que era o sujeito perfeito para mim, menos na cama, mas quem se importa com essas coisas quando o que está em jogo é a perfeição um para o outro? Minha mãe achava um ótimo rapaz, meu pai convidava para pescar e ele ia mesmo. Quando vi que na verdade o que eu mais gostava da pescaria dele era o fato de que a gente não ia transar, resolvi arrumar um tórrido caso de amor com um outro amigo do meu pai que não dava a mínima pra pesca e gostava mesmo era de carne humana, a minha, se eu estivesse por perto — e tratei de estar. Fui pra Europa ser brazuca e conhecer museus; milhares de pratos lavados depois fui bater nas costas do Brasil mais uma vez, pra me descobrir enquanto pessoa e terminar a universidade.

Fiz um concurso público e passei, virei estável e, o amor, o contrário. E foi então, após todos estes anos de estabilidade e óculos, que eu resolvi que era a hora de um filho, simples, biológico e certo, como as rugas e a deficiência visual.

Passei a olhar os homens de um outro jeito. Antes eu olhava pra bunda do sujeito, pras costas, pras coxas, se o momento ajudasse. Me pegava olhando ele comer e admirando os dentes — se fossem bonitos, ficava testando o tamanho e forma —, me divertia com as coisas que eles diziam daquele jeito deles de falarem o que pensam, sem antes pensarem muito, ou sem nunca pensarem muito, não parece mesmo ser o forte deles.

    Subitamente não era mais a coxa, mas a altura, e não porque eu goste de altos, mas porque não ia ter um filho com um baixinho. Um filho baixinho e careca, meu Deus, o que eu digo pra criança depois, que o pai era irresistível? Olho pra um colega de Secretaria de Comunicação que me convida pra um cinema e um vinho, e vejo que o cara tem propensão à obesidade, ou por que teria esse porte todo aos trinta e poucos? O sujeito tem diabetes na família, dois casos de enfarte antes dos cinqüenta, o avô morreu de câncer na próstata — não o meu filho!

    O sujeito é um doce, se comporta como um anjo durante o jantar, me convida pra conhecer a casa de praia e sabe como me fazer gozar sem eu precisar mostrar toda a Enciclopédia Britannica pra ele, nossa, que homem. Olho melhor aquele rosto mais o meu: se for menina ela nunca vai namorar direito, vai ficar sentada enquanto as outras dançam com os bonitinhos da aula. O cabelo dele, meu Deus, onde a gente compra um aparelho de barba a essa hora?

    Meu filho não vai ter problemas renais graves, nem vai ter mãos como essas, ou pernas tortas, ou escutar esse tipo de música. Não vai crescer com um homem que chora quando o time do coração toma três a zero, isso nunca. Nem com um que fritou o cérebro com drogas de qualidade duvidosa — não quero nada com faixa preta lá em casa — ou um que faça churrasco aos domingos e traga a família inteira para assistir Fórmula 1.

Mas preciso dizer que ando esperançosa. Conheci um cara muito legal. Corpo de ex-surfista e parece que o esporte não causou danos permanentes. Viajou pelo mundo e não se envolveu com a polícia, nunca fumou nada que não fosse um baseado, e, se tragou, nem se nota. Terminou o curso de Direito em uma boa universidade e trabalha numa multinacional das telecomunicações; se veste como quem sabe, não ri alto demais e dizem que gosta de bom cinema. Namorou uma conhecida minha, que diz que ele é ótimo e ainda chora quando lembra. Lê jornal e não começa pelas palavras cruzadas, esteve no MoMA e Metropolitan quando foi a Nova York, mostra que conhece além do básico do jazz e nunca ouviu Djavan, que eu saiba.

O homem ideal, se isso existe; os genes estão todos lá, eu sei e sinto que ele é o cara. Já tenho os horários dele, hábitos alimentares, e não convidei ainda para me conhecer melhor porque a mulher dele não sai de perto. Ouvi dizer que ela planeja uma viagem no mês que vem, um mês inteiro em um curso na Argentina, tempo mais do que suficiente para que guerras comecem e terminem, atentados terroristas sejam descobertos e desarmados, que o dólar oscile para cima e para baixo, para que algum ministro cometa um escândalo, e tempo mais do que de sobra para o amor seguir o seu curso.

8_revelação//

Nádegas	R$ 14,00
Perna	R$ 18,00
Seios	R$ 5,00
Virilha cavada	R$ 20,00
Virilha modelada	R$ 23,00
Ânus	R$ 11,00

9_sumatra//

Sabiam que há uns sessenta e cinco mil anos a humanidade se reduziu a apenas umas dez mil pessoas em todo o mundo? Por muito pouco não nos extinguimos, quase viramos dinossauros sem ter quem nos estudasse ou fizesse filmes sobre a gente no futuro, quero dizer, depois de termos inventado o cinema. Depois de termos inventado as escolas também, claro.

Dizem que um vulcão em Sumatra explodiu e a poeira toda que cobriu a Terra provocou um resfriamento global, e todo mundo foi morrendo e morrendo nas cavernas ou onde eles moravam, a comida ficou escassa e por pouco não houve Vivaldi nem Michelangelo, nem Fídias, Sófocles, Shakespeare, Camões, Salinger e Machado. Por muito, muito pouco o universo quase ficou sem ninguém ou nada que soubesse que ele existe.

Mas de algum jeito sobrevivemos e logo depois exterminamos tudo o que fosse comestível e burro demais pra se reproduzir direito ou escapar da gente, e cá estamos, firmes e indo pra Marte. Eu penso nisso.

Uns quarenta mil anos atrás nós certamente já tínhamos um cérebro igual ao de hoje. Já pensávamos todo o tipo de bobagem que pensamos hoje, um pouco menos talvez, acho. Não havia essa coisa toda de preocupação com o dinheiro, por exemplo, que só foi inventado há uns quatro ou cinco mil anos, não é mesmo?

Enfim, quarenta mil anos atrás uma parte da humanidade migrou pra lugares como a Austrália e a Nova Zelândia e ficou exatamente ou quase como se encontrava há quarenta mil anos. Outros foram pra Mesopotâmia e inventaram a agricultura, as cidades, a cerâmica, a roda e o Império Romano, e a religião organizada, e o serviço militar obrigatório e a sela e o estribo e o ferro e o aço; a navegação costeira e a navegação oceânica, a máquina a vapor, a eletricidade, o telefone, a televisão, a Nintendo, a telefonia celular, e cá chegamos. Eu penso nisso também.

Em um livro que eu li faz tempo, um cientista arrumou uma explicação que me convenceu, para o fato de os australianos e os índios americanos nunca terem inventado a roda, e a gente ter inventado até a Barbie Bailarina.

Ele diz que nós exterminamos todos os animais grandes por tudo quanto era lugar, e somente sobraram animais domesticados na Europa e Ásia, e isso inclui cavalos e vacas e camelos e gatos e cachorros e galinhas. E somente lá foi possível criar uma agricultura decente, porque na hora em que domesticamos o trigo, por exemplo, há uns dez mil anos, logo foi possível plantar trigo por toda a Ásia e logo na Europa. Isso porque a Ásia é horizontal, é só olhar um atlas pra entender: tanto a Turquia quanto Portugal ficam na mesma latitude, mais ou menos. As mesmas estações, as mesmas temperaturas, as mesmas agriculturas. Simples.

Mas não se pode domesticar o milho no México e trazer para o Brasil, porque ele morre no caminho, certo? Quero dizer, na vertical, como é a América, é muito complicado plantar coisas e fazer elas chegarem aos outros lugares em latitudes diferentes porque as plantas simplesmente não crescem, óbvio.

Então, na Ásia e Europa, eles tinham uma agricultura que era fácil de se espalhar e animais que eram fáceis de se domesticar. Com isso a gente tem cidades, e montes de gente e montes de animais. Com essa combinação, sabem o que a gente tem? Montes de doenças e vírus, porque esses vírus que provocam doenças, muitos deles são dos animais domésticos e mutam e nos atacam. E muita gente morre dos vírus de gripe, paralisia infantil, febre tifóide, essas coisas. Só que depois que morre um monte, ainda sobra um monte, se tudo der certo. E esse monte que sobra é imune às doenças, e os filhos deles também vão ser imunes às doenças e dali a pouco todo mundo da Ásia e Europa já não morre mais de gripe, por exemplo. Espirra, tosse, passa Vick, mas não morre.

Então os europeus inventam a navegação de longa distância e começam a viajar pelos oceanos, e lá vem aquele monte de gente resistente a montes de doenças que eles mesmos trazem no corpo; e então eles entram em contato com gente que não tem uma coisa nem outra, doenças ou resistência, e o que acontece é o óbvio, e os europeus que chegam até a América, por exemplo, exterminam todas as tribos que encontram, sem precisar fazer nada pra isso.

Então temos guerra bacteriológica e tecnologia e coisas como cavalos e roda, contra o pessoal dos outros continentes isolados, como a Oceania, que estacionou exatamente como estava há quarenta mil anos, porque eles não tinham nenhum motivo pra achar que a vida podia ser melhor ou diferente, a maioria não tinha escrita, então pra que escolas ou lâmpadas pra poder ler à noite, não é mesmo? Se eles não tinham nem cavalos, pra que então inventar a roda? Quem ia puxar a droga da carroça? Melhor nem inventar um monte de coisas que precisam ser transportadas, não é mesmo? E por isso eles ficaram do mesmo jeito por esse tempo todo, paleolítico forever, esse foi o espírito da coisa pra eles lá na Austrália e Nova Zelândia e Alto Xingu. Já, nós, não paramos mais de produzir e chegamos ao século XXI andando de automóvel e queimando petróleo árabe, produzindo e comprando coisas que nós inventamos para poder produzir e comprar.

Eu penso nisso, sério.

E penso também nessa gente toda, nesses povos na Amazônia, Austrália e Nova Guiné, que até pouco tempo atrás faziam tudo exatamente como sempre fizeram. Penso que eles ainda fazem coisas como caçar, e quando conseguem caçar mais do que podem comer, eles usam a carne que sobrou para fazer coisas que vão além de comer. Eles trocam a carne por sexo, por exemplo. Eles usam o excedente em alimento ou energia para trocas — "Eu tenho algo que consegui e que você deseja, minha rainha. Usei minha força e minha inteligência para enganar um canguru, ou um avestruz, ou um dingo, um bicho muito, muito difícil de capturar; matei com a técnica que desenvolvi ao longo dos últimos vinte mil anos e cá estamos, minha bela. Eu e minha caça somos o seu troféu. Você coincidentemente tem algo que eu desejo e até mesmo preciso, quando não estou cansado demais ou com fome em excesso. Que tal uma troca temporária? Ou algo mais permanente, em se considerando que eu sou um ótimo caçador ou pescador, e você é a mais linda donzela ao sul da Nova Caledônia? Na verdade, você é praticamente a única, o que faz de você ainda mais bela. Dançarei pra você mostrando minha leveza e simulando uma caçada, enquanto os tambores de osso e couro soam ao nosso redor."

Entretenimento e comida fazem da vida o que ela é, ou ao menos, ajudam a fazer com que ela se reproduza e não seja tão fácil para uma outra explosão em Sumatra acabar com a nossa raça dessa vez para valer.
Eu penso muito nisso.

Fiz um patê levemente temperado, receita de minha mãe, que me ensinou ainda garoto — eu sempre gostei de cozinhar. A salada sai na hora; acredito em inspiração e vinagre francês. Busquei pão de uma confeitaria aqui perto, congelei; o filé está resfriado num canto. Duas garrafas de Chianti. Chianti é o vinho hoje em dia, li em algum lugar.

O filme é antigo, uma comédia italiana de que eu mais ou menos lembro. Acho ótimo que a gente se divirta, mas não demais para a gente ficar rindo o resto da noite, nem de menos para ninguém ficar rememorando a infância triste e pobre em alguma cidade do interior, nada que possa ir contra o clima que todos desejamos que se instale entre nós, acho.

Aline estuda Administração, mora aqui desde que iniciou a faculdade. Morena, pequena, tem esse gesto de retirar o cabelo do rosto que eu acho encantador. Dizem que ela fala muito na vontade que sente de ter um namorado, ninguém desde que veio para a cidade. Que gosta de sair para dançar e de conhecer pessoas e lugares.

Após o filme a gente vem pra cá, pelo menos acho que sim. Comprei dois cds novos, sempre é bom ter cd novo, mais assunto. Eu falei em virmos depois até a minha casa, falei que restaurante era muito cheio e com muito barulho, ainda mais numa sexta-feira. Ela não disse nada. A essa hora ela já resolveu mesmo o que vai acontecer, isso ainda é privilégio das mulheres, não é? Mas existe o ritual e ele deve ser cumprido — e ele inclui entretenimento, comida e bebida, em troca de algum afeto e, espero, sexo.

Eu penso sempre nisso.

10_torpedo//

Foda-se!

De: Mari
0xx 91170921
Enviada:
Qua. 12-jan-2005
23:45:00

11_míni//

Olho para a estagiária e ela me olha de volta. Por que eles sempre fazem isso, eu me pergunto. Olham com esse jeito de quem queria estar em qualquer lugar do planeta, menos ali, na minha frente. Onde estávamos?

— Sim. Qual a sua idade?

Sim é o nome dela. Simone, virou Sim, e claro que todo mundo passa o dia inteiro dizendo Sim, Não, Sim, Não. Crianças.

— A minha idade?

— Supondo que você tenha uma idade, Sim. Ou já aboliram isso também?

— Minha idade.

Ela parecia assustada. Eu não tinha feito a entrevista de admissão, sabia que ela fazia arquitetura, mas isso quer dizer o quê? Que o ser em questão pode ter qualquer coisa entre quinze e trinta e cinco? Achei melhor ter testemunhas, esse é um ambiente de trabalho.

— Lucclene, pode vir aqui?

Se havia alguém nessa empresa capaz de tirar qualquer dúvida de que as minhas intenções eram profissionais, Lucelene era a pessoa. Ela ficou ali na sala, com o olhar de gerente financeiro dela, de quem acha o mundo fora dos números um lugar incompreensível, e eu continuei com a minha pergunta inicial.

— Sim. Idade?
— Pra quê?
— Sim. É só uma pergunta teórica. Tem essa coisa que eu estou pesquisando, sobre jovens muito jovens.
— Eu não sou muito jovem.
— Certo. E é quanto jovem? Só pra eu ficar sabendo e a Luce poder voltar pro trabalho dela.

Sim me olhou com jeito de quem ia começar a chorar a qualquer instante.

— Vinte e dois.
— Sim, pode falar na freqüência de onda em que os humanos escutam?
— Hã?
— Mais alto?
— Vinte e dois. Vinte e dois. Mas faço vinte e três daqui a pouco.
— Quando?

Essa era a Luce. Até ela estava achando isso divertido.

— Em abril.

Luce e eu nos olhamos. Caso perdido.

— Sim, eu estou conversando com você na condição de especialista, ok? Eu preciso da sua ajuda.

— Ajuda?
— É.
— Especialista?
— Sim, Sim.
— Em quê?
— Vinte e poucos anos.
— Em quê?
— Sim. Por favor, só me responda uma coisa e eu a libero e você pode voltar pro seu trabalho. Estava fazendo o quê?
— Montando lay-out. Duplex e day foam.

Sim gostava das coisas muito detalhadas. Tão novinha e já com tantos problemas.

— Sim, uma garota como você usa saias de qual comprimento?
— Hã?
— Hã?

Pronto. Lucelene também tinha olhado de um jeito estranho.

— Eu estou no meio de um trabalho. Preciso saber de algo sobre o comportamento de garotas jovens muito jovens. Ok?

Elas se olharam.

— Sim. Por favor? De que tamanho?
— Depende.
— Depende.
— Luce. Perguntei pra Sim, ok?

— Era isso o que você queria com ela?
— Era.
— Então vocês não precisam de mim. E eu preciso terminar o relatório pro Grupo.

Lucelene saiu da sala, e o rosto dela dizia muito. Mas agora era tarde, alea jacta est. A sorte estava lançada, no meu ótimo latim. Sobramos Sim e eu, os dois sem saber para onde olhar.
— Por aqui.
Ela tinha feito um sinal com a mão, indicando o meio da coxa. Sim é uma garota muito bonita. Belas coxas.
— Por aqui se a gente pensa no trabalho.
Bem mais abaixo. Quase no joelho.
— Por aqui se a gente quer sair e se sentir legal, não se sentir jacu, entende?
Sim estava se soltando. Pela primeira vez parece que eu realmente queria escutar qualquer coisa que ela tivesse para dizer, o que devia ser verdade, pensando bem.
— Por aqui se a gente tá pro crime.
— Sim?
— Pro crime. A fim de ficar, entendeu?
— Sim, eu tenho quarenta e tantos. Gente da minha idade não fica. A gente conversa, transa, namora, noiva, casa e morre. Não fica. Isso veio depois.

Ela ficou me olhando. Era certo que não devia estar entendendo. Sim estudou em uma escola muito particular, onde nada do mundo exterior podia entrar para perturbar a ordem.

— Ok, Sim. Então temos três níveis. Trabalho, sucesso e crime.

— É. Tem lá embaixo também, mas isso é coisa de velha, não é?

Velha. Para Sim, qualquer um acima de vinte e cinco, eu imagino. Eu podia ter uma filha velha. Deus.

— Era isso?
— Era, Sim. Muito obrigado.
Ela parou na porta.
— Eu sei bastante de moda.
— Sabe?
— Sim. Ninguém me pergunta, mas eu sei.
— É duro ser estagiário, Sim.
— É. Mas eu sei mesmo. Se a Chefe deixasse eu podia fazer um monte de coisa legal com as embalagens que a gente tá criando.

Pagamento? Já? Ela me dá uma informaçãozinha de nada e já pede troco? Que juventude, Deus meu.

— Sabe mesmo?
— Ahã.
— Embalagens.

— Ahã.
— Eu falo com a Chefe. Coloco você no projeto.
Ela ficou me olhando por um tempo, depois sorriu.
— Era só isso?
— Era, Sim. Tchau.
— Tchau.
Ela se vai, parecendo contente, o que era bom. Não pra mim, que agora precisava fazer alguma coisa com a informação.

A garota da primeira loja me garantiu que a moda agora era assim e assado. Eu não escutava coisa alguma, só olhava para aquilo tudo com pena de quem um dia fosse usar. Babados, tiras, barroco, muito barroco. É assim então? Nessa loja era, mas no resto do mundo seria?

Eu sentia falta da minha simplicidade, da minha vida de casado. Eu nunca ia ter que perguntar nada disso antes. Minha ex adorava saias, comprava o tempo inteiro e sempre parecia saber o tamanho certo pra cada coisa. Eu não conhecia essa loja, sentia o desconforto que sempre sinto num ambiente hostil como uma loja feminina. Horror, horror.

Na segunda loja uma garota simpática, mais simpática depois que eu mostrei que tinha todos os cartões de crédito existentes no mundo ocidental, me fez olhar saias de todos os tamanhos possíveis, uns que a Sim não devia saber que existiam.

A garota simpática tinha me falado o nome, mas eu não estava atento, estava olhando ao redor. Olhando, olhando. Era isso. Ela olhou para a minha escolha.

— Sua namorada vai adorar.

Ela era uma vendedora, ia dizer o quê? Que minha namorada ia detestar? E fazer uma venda assim mesmo? Se eu fosse ela, não estaria tão segura. De que eu tivesse uma namorada, quero dizer. E de que ela fosse gostar.

— Ela é como mesmo?
— Alta, magra.
— Loira ou morena?
— Saia. Não blusa, não vestido. Não xampu nem condicionador. Saia.
— Às vezes é importante, pra pensar se combina.

Olhei de volta.

— Combina.

Ela olhou com um olhar magoado e foi tirar a nota, passar o cartão que achou melhor ou mais interessante, eu fiquei ali, olhando ao redor.

Por que eu faço isso, penso. Por que tanta energia gasta em criar cenas? O mundo não quer isso. O mundo quer uma tevê de vinte e nove polegadas e inflação de um dígito.

A garota me olha e diz que tudo bem, se a minha namorada não gostar do presente, é só vir aqui e trocar. Eu digo a ela que nunca duvidei que as coisas pudessem ser assim mesmo, tão, tão simples.

Cheguei em casa e fiquei olhando para o pacote com a saia e o bilhete que explicava o que eu queria que ela fizesse. Se ela ia entender? Como vou saber? Ela ia me achar um quê? Maníaco e com graves problemas de socialização? Sei lá, só sei que eu ia fazer exatamente o que eu ia fazer, colocar aquilo tudo numa caixa e deixar na portaria do trabalho dela, dizendo apenas que fosse cuidadosa ao abrir.

Não tenho para quem explicar, mas se tivesse, eu diria que ou a gente arrisca e joga tudo, ou aceita que as coisas comecem, se estendam e se encerrem de um jeito absolutamente prático, chato, óbvio e morto. Não queria isso pra mim, nunca mais, depois da minha separação, nunca mais o mesmo outra vez. Nunca. Eu sabia, finalmente, que não faz mais sentido, nesse mundo onde tudo já foi dito, não faz sentido dizer ainda mais coisas.

Era impossível eu dizer algo que essa garota já não tivesse escutado, portanto, eu nem iria tentar ficar falando e falando. A idéia erc essa, mandar o pacote com a saia e um bilhete mínimo, melhor seria não dizer nada.

O que queria com essa garota eu ainda não sabia, mas sabia que ela teria uma idéia do que eu sou assim que o pacote chegasse até ela. Tudo, mas tudo, nessa vida, são testes, e a gente passa ou não passa. O que se há de fazer? Ela podia não entender, não tentar, mas isso ia querer dizer simplesmente, muito simplesmente, que a gente não era feito um para o outro. Tão simples.

Perdi alguns minutos tentando encontrar a fita adesiva para fechar o pacote, uns minutos escrevendo o nome e endereço do local da entrega, mais alguns minutos sentado na minha sala, tentando me convencer a não fazer aquilo, em mais uma das muitas lutas que eu travo contra o meu bom senso, muitas mais desde que me separei, e, dessa vez, como em quase todas as outras, perdi.

12_sexo frágil//

Eu tinha planejado tudo, a gente ia sair, eu ia mostrar o meu melhor eu, ia caprichar no modelo, vestidinho curto, ia sair do meu normal, ia mostrar que meu pai não desperdiçou milhões comigo, naquela escola fina pra onde ele me mandou depois da quarta série, quando ele viu um bilhete de uma professora que estava muito *anciosa* com meu aproveitamento, *anciosa* mesmo, com *c*, e meu pai achou um tempo pra parar de sofrer com o abandono da minha mãe e se preocupar em encontrar uma escola decente pra mim. A minha mãe tinha abandonado a nós dois, eu teria dito a ele se tivesse me dado chance, mas meu pai saiu do casamento com a minha mãe direto para um copo e dele para o clube onde ele bebia com os amigos e isso durou um tempão, até o dia em que sei lá por que ele acordou e saiu daquele copo e nunca, nunca mais bebeu, que eu tenha sabido ao menos.

    Esse cara ia ver só. Eu ia conversar a minha melhor conversa de sexta à noite, ia rir o meu riso mais cristalino e sutil, sem que ele nunca soubesse o que eu estava mesmo pensando. Ia fazer bom uso dos meus peitos, que são uma beleza, tamanho e forma, isso eu sei e eles sabem — alguma vantagem eu tenho que levar nesse mundo. Ia olhar pra ele e ouvir e ouvir, e ele não ia escutar nada do que eu estava pensando, ia ficar ali tentando adivinhar o que se passava pela minha cabecinha e pelos meus peitos. A vingança é doce.

Felipe B. na sexta série. Contou pra todo mundo que tinha me pegado na festa da Susi e que eu não sabia beijar direito. Eu usava aparelho desde os dez, ia aprender como? Odiei aquele garoto, até o dia em que ele se queimou todo com álcool — por que alguém teria álcool líquido na mesma casa de uma criança eu nunca vou entender.

Jorge Schutz, na oitava, eu toda orgulhosa da marca no pescoço que sobrou da festa, tive que colocar blusão com gola quase na orelha por todo o resto do final de semana pro meu pai não ver. Pra chegar na aula na segunda-feira e descobrir que outras três tinham a mesma marca, no mesmo lugar, filhote de vampiro filho-da-puta.

Um sujeito cujo nome eu tento esquecer, no segundo ano de faculdade, que me perguntou do que afinal eu gostava, pra depois espalhar pra turma inteira. Pelo menos não colocou minha foto na Internet. Homens.

Hoje o plano era tratar esse cara com dureza. Ele precisou de quase uma semana pra conseguir meu mail, e isso depois que duas amigas me disseram que conheciam e o cara era ok, até aí tudo bem. A gente se conheceu em um seminário de Administração, ele veio de uma universidade do interior pra fazer um curso aqui e foi ficando. A gente conversou num coffee-break e no final de uma sessão ele me pagou um café — eu não achava troco na bolsa, coisa que uma mulher sabe muito bem fazer quando ela quer assunto com um sujeito desconhecido e potencial. Contou que estava numa pós qualquer, falou onde morava e não disse com quem. Esperei que me convidasse pra alguma coisa, eu já há oito meses desde a última coisa parecida com um namorado, um colega de estágio, a gente saiu nos finais de semana por uns três meses, cinema e jantar em algum lugar não muito caro e depois o apartamento dele, dividido com um primo — eu ficava me contendo toda pra não fazer barulho e acabava não fazendo nada que prestasse — e isso durou até ele me dizer que não estava pronto para um relacionamento, mas que a gente devia continuar se vendo, o que queria dizer que eu devia continuar dando pra ele sem cobrar nada, óbvio. E claro que em menos de uma semana ele começou a namorar outra garota do estágio, e essa ele levou pra conhecer a família e até alugou uma pousada na praia pra um final de semana, porque ela voltou e contou pra todo mundo a maravilha que tudo tinha sido. Estranho que comigo ele não era nada maravilhoso e nunca repetiu nada, antes de pegar no sono barulhento dele. Homens.

    Esse cara tinha primeiro mandado um mail dizendo que talvez fosse a esse show de uma banda, que estava a fim e tal, o que era praticamente um convite, claro que era. Enquanto eu resolvia se aceitava ou não, ele convidou uma vaca de uma pós em Marketing que vivia de perna de fora, no maior frio que andou fazendo esse mês.

Na outra semana ele mandou outro mail dizendo que estaria passando esse ciclo de cinema de um diretor francês de quem eu nunca tinha ouvido falar, e mais nada. Eu achei que ele estava testando todos os meus gostos artísticos e daqui a pouco estaria comentando algum concurso de pintura em cerâmica, o que eu achava de irmos no sábado à tarde. Então, pra evitar maiores problemas, falei que adorava o cinema do tal diretor francês de quem eu nunca tinha ouvido falar — para que temos Google e locadora de dvd, afinal?

O cara foi pontual, o que me criou um problema. Como a gente faz pra colocar uma roupa e acertar o batom e não se diluviar de perfume e não preencher a córnea com rímel enquanto o elevador com ele dentro sobe quatro andares até o meu apartamento?

Eu tinha esperado até o último instante. Não ia mais me arrumar toda pra um cara que ia ligar às nove da noite, quando finalmente se lembra de que sua pobre mãezinha estava chegando na rodoviária bem naquele horário, puxa, desculpe mesmo, quem sabe amanhã? Ou isso ou ele fica subitamente doente, ou o cachorrinho dele fica muito doente. Sério, até isso eu já escutei. Um cara me ligou pra dizer que não ia poder sair porque o cachorrinho tinha ficado doente. Num sábado, às oito da noite! Não temos mais critérios nesse mundo? Cachorrinhos são protegidos por lei, eu acho, deve existir um Conselho Tutelar dos Cachorrinhos, eles não podem ficar virando álibi desse jeito, não mesmo.

E eu andava numa fase tão difícil que seriamente perguntei se a gente não poderia ir junto ao veterinário, eu segurando a patinha de um deles pra mostrar como eu era legal e solidária? Deus meu, Maria Fernanda, mas como você se tornou essa perfeita anta? Vai entrar em risco de extinção igualzinho às antas, ou coalas, sei lá qual deles anda em risco de extinção.

Pois esse cara não só não cancelou como ainda veio, e na hora. Eu bati algum recorde de colocação de meia-calça sem romper fio nem ligamento, e lá estávamos nós entrando no cinema, uns três minutos antes de começar o filme do Eric Rohmer, uma comédia social e moral sobre os limites da monogamia, ou algo assim, pelo que eu tinha entendido. Chegamos na hora, nós e os outros cinco sujeitos que sabiam da existência do Eric. Eu não sabia da existência dessa sala de cinema de arte, no centro da cidade. Arte e mofo, pelo cheiro.

A gente viu o filme e ele não colocou a mão nos meus peitos. Nem na minha perna. Nem sussurrou nada muito perto do meu ouvido, pra sentir o meu perfume e gemer na minha orelha. Afinal, o que havia de errado com esse sujeito?

Pronto, era isso, o cara era gay e me via como uma amiga querida. Depois do filme ele ia querer comentar tudo com muita sensibilidade e ia querer falar sobre o nosso seminário e como ele sentia que aqui tudo era muito pouco, que ele precisava ir pra alguma cidade maior, mais de acordo com o talento e com a ambição dele. Sei lá, um amigo do meu pai saiu do armário direto pra São Paulo, dizendo umas coisas assim, num jantar lá em casa.

Um outro amigo do meu pai fez uma coisa muito mais útil por mim. Me deu de presente o meu primeiro e inesquecível orgasmo. Eu só conhecia isso do cinema, achava que na vida real só os caras tinham alguma chance nesse negócio. O amigo do meu pai era muito legal comigo, eu achava que era bom ser legal com ele, até um dia em que a gente foi dar uma volta, meu pai viajando, e a volta terminou no apartamento de solteiro dele e eu tinha finalmente, finalmente, finalmente, gozado. Três vezes. Os amigos são tudo nessa vida.

Esse cara me levou a um restaurante bem legal até, um dos que eu só tinha conhecido com o meu pai médico e o orçamento de Amex Platinum dele. Olhou o meu peito só quando eu não estava olhando, e a gente começou a conversar e não parou mais.

Ele tinha mesmo assistido ao filme, quero dizer, ele tinha prestado atenção em tudo, na trilha sonora, no ator principal, no coadjuvante, na direção de arte, nas árvores, em tudo mesmo. Que tipo de homem era esse afinal?

Ele me disse que sentia muita identidade com o personagem do filme.

— Hã?

— Ele conhece uma garota e passa a sentir desejo por ela, um desejo que ele nem entende nem sabe bem como realizar. Ele não quer ir pra cama com ela. Ele não sabe ao certo o que sente.

Wait a minute! Isso era uma mensagem cifrada pra mim? Ele não queria ir pra cama comigo? O que há de errado comigo? Ele não olhou direito pro meu peito, deve ser isso. Ajustei melhor a blusa. Onde esse cara pensa que está com a cabeça?

— O personagem se vê diante de um superconflito moral. Ele afirma o tempo inteiro que não sente desejo por ninguém a não ser a noiva. E ele conhece a garota do filme e passa a sentir atração por ela.

Ele é noivo? É isso? Mas então cadê a aliança? Ou nem isso se usa mais pra se poder ser sem-vergonha à vontade sem maiores problemas?

— Eu já fui noiva uma vez.

Isso era mentira. Eu nunca fui noiva e jamais seria noiva, coisa mais careta, além do que ninguém tinha me proposto. Mas eu queria testar o cara, óbvio.

— Você? Tão nova?

— Eu acho legal a gente assumir compromissos quando a gente encontra alguém que seja pra valer.

— E o que aconteceu com o seu noivo?

Morreu? Fazia parte da delegação da ONU no Iraque? Viajava demais e nosso relacionamento se tornou muito difícil? O que eu invento em dez segundos e com uma semente de gergelim firmemente trancada entre dois dos meus dentes?

— Eu prefiro não falar nisso. E você?

— Eu? Nunca fui noivo, nada disso.

Ufa. Um problema a menos. Daqui a segundos ele ia começar a falar sobre a ex-noiva e eu ia querer cavar um buraco profundo e me enfiar nele.

— Mas você estava falando sobre o personagem, não é mesmo?

Agora que não temos noivas ao redor, melhor não dar espaço para ex de qualquer calibre.

— Ele passa a adorar a garota, não consegue saber bem como ou por que, e precisa achar um jeito de solucionar esse sentimento, de resolver a questão com ela, sem ultrapassar os limites que ele mesmo se impôs.

Uma crise moral, entende? Esse é o barato do filme, numa época sem moral como a nossa.

Como assim, sem moral? Ele não me conhece direito. Mas, pensando no filme, o que ele diz faz sentido e começa a me tocar de um jeito. Até aqui eu tinha saído com ele para conhecer alguém novo, ver se era interessante, mostrar a ele a minha melhor voz, meu vestidinho novo, meu peito e a minha educação de colégio caro. Não dar, de maneira alguma, isso não, não perder a minha única vantagem sobre os homens nesse mundo, além dos meus peitos. Tudo isso pra ele ficar muito impressionado e acordar amanhã se sentindo o cara mais feliz dessa Terra por ter saído com uma garota como eu. Entenderam? Nada de dar. Nada de.
Mas ele tinha um jeitinho de menino perdido em feira, sem pai, sem mãe, carente de orientação e afeto. Alguma coisa em mim se sentiu tocada. E várias coisas em mim começaram a sentir vontade de serem tocadas, oito meses sem namorado, oito. OITO. Claro que nós mulheres seguramos a onda, somos uns dromedários capazes de passar séculos vagando por um deserto de homens sem morrer no caminho, pelo menos é o que eu vejo a mulherada dizer que consegue. Elas me garantem que sim.

E o personagem do filme do Eric era mesmo tristinho. Ele finalmente achava um jeito de praticar o que sentia pela garota, e o que ele faz é a coisa mais estranha. Ele se encontra com ela um dia, só os dois, e começa a tocar o joelho dela. O joelho. Tadinho. Também, o filme era de muito tempo atrás, mais de vinte anos, as pessoas eram assim, diferentes.

Não sei bem por que, mas meu joelho começou a sentir uma coisa estranha. Por um instante foi o joelho, mas a coisa se espalhou e eu não conseguia mais ficar sentada direito. Meu Deus, vou fazer um escândalo aqui e agora e vão nos expulsar e ainda cobrar essa conta toda.

E ele ali, nada.

Me fez falar sobre a minha família e se mostrou triste quando falei da minha mãe, que fugiu de casa, não sem antes fazer uma plástica completa, completa mesmo, e com o dinheiro do meu pai.

E eu louca pra sentar no colo dele.

Pediu o cardápio de sobremesas, ficou longos minutos pensando no que escolher e no que eu deveria pedir, sem se dar conta que eu não queria nada que estivesse naquele cardápio, a não ser que esse restaurante não fosse nada do que parecia.

Cara!!! Eu já estou convencida, eu já estou querendo morder essa mesa, quem sabe a gente sai logo daqui?

E ele nada. Pensando que ainda tinha muito pra me falar, pra me mostrar, antes de me comer. Como os homens não entendem nada, ou não farejam o suficiente, meu Deus!

Pediu bananas carameladas com sorvete, que levaram horas pra vir, pediu café e repetiu o expresso, até finalmente, finalmente, a gente sair dali e ele dizer que a gente poderia ir até um bar legal que ele conhecia.

Não. Olhei pra ele e disse, não. Nada de bar.

Então pra casa, tão cedo?

Sim, eu falei, olhando pra ele. Pra sua casa. Levou horas, mas finalmente ele entendeu. Homens.

Disse a ele que não saísse da cama por nada, que eu pegava um táxi e ele fez a coisa mais insuportável do mundo: deixou.

Não só. Ele me deixou pegar um táxi e me deu um beijo e disse que tudo tinha sido maravilhoso, que a gente se falava amanhã? Como assim, se falar? E as rosas sobre a minha mesa? E o bilhete? E a música oferecida na rádio FM que ele sabia que eu escutava o dia todo? E o pedido para poder me ligar pra gente sair de novo?

Chorei até pegar no sono. Homens. Mais um pra fazer como todos os caras que eu conheci desde a sexta série. Eu tinha planejado tudo direitinho e agora estava exatamente onde sempre tinha estado. Quilômetro zero da minha vida amorosa, indo a lugar nenhum, vítima, vítima de todos eles. Eles.

Chorei, mas peguei no sono.

No outro dia, acordar quis dizer conseguir separar as minhas pálpebras, que tinham se tornado imensas. Água pesa.

Burra, burra, burra. Eu.

Olhei para o celular, mas deixei desligado. Não haveria mensagem alguma, e eu ia me sentir péssima. Teria aquele tipo de coisa, "ontem foi legal, a gente se liga". Olhei para o computador e mesma coisa. Não haveria mail, ou haveria, e isso ia ser ainda pior.

Burra.

Passando das duas da tarde eu precisei abrir o mail, meu pai ligou para saber se eu tinha o número de confirmação de um envio de dvd que ele fez via FedEx. Tive que abrir minha caixa postal, mas fui via webmail, para ver o que havia lá antes de precisar ler.

Seis? Seis? Seis mails, todos pra mim e todos dele? Nada sobre FedEx.

O primeiro dizia que ele tinha mandado mensagem pro meu celular, que achava mais legal do que mail, mas o celular estava desligado, ou podia estar sem bateria e ele queria muito que eu soubesse o quanto a nossa noite tinha sido especial. Nos outros mails ele dizia algo assim, e em três ele me convidava pra sair de novo, e nem precisava ser filme do Eric Rohmer.

Liguei o celular e era verdade. Quatro mensagens dele pra mim, todas muito prolixas, daquelas de pelo menos três telas.

Lá fora o dia estava ensolarado, como eu adoro. Pensei numas coisas pra fazer à tarde e em que ordem iria fazer todas elas. Hummm, eu pensei, olhando pela janela. Então lá fora existe alguém e não estou sozinha no meu medo de ser a mais patética patética da história universal. E homens podem ser tão, tão, tão perdidos e amedrontados quanto nós? Isso era novo. Isso era maravilhoso. Isso trazia muitas e novas oportunidades, e eu pretendia aproveitar cada uma delas.

Olhei de novo para o dia e para o sol, ambos lá fora, e tudo parecia perfeito, um dia de primavera de manual me chamando e era para lá que eu ia, fazer as minhas coisas, flutuando em nuvens recentemente criadas. Lá fora chamava por mim, e cá seguiria eu, louca pra atender o chamado — os chamados dele. Ele. Um cara que precisava de mim tanto ou mais do que eu dele.

A vida pode ser bela, pensei, entrando naquela banheira tão cheia e decidida, ao menos por hoje, a de forma alguma me deixar afogar.

13_genética//

Tentem vocês serem felizes sendo eu. Tentem convidar a menina bonita da sala para sentar junto no recreio. Tentem levantar o braço e não ouvir piada, tentem entrar num ônibus, arrumar emprego, sair à noite.

Tentem ter doze, quatorze e dezesseis e finalmente se convencer de que nenhum milagre vai acontecer, que tudo o que você sonha à noite simplesmente se torna o que você é quando acorda.

Tentem chegar aos vinte sem amor que não seja pago, tentem se convencer de que você quer e você pode, tentem.

Tentem encontrar uma garota que olhe pra você sem nada no olhar, tentem olhar pra ela e achar que alguma coisa é possível, que não, você não é a criatura mais triste sobre a Terra, tentem.

Tentem casar com a mulher amada e com ela ter filhos, quando você mal alcança as portas que insistem em estar fechadas, tentem ter um metro e trinta e sete centímetros no auge de suas vidas adultas e não escutar do que eles o chamam.

Tentem ser o que eu sou e não pensar no meu pai, aquele anão que passou por aqui e logo seguiu em frente, espalhando a sua pequenez pelo mundo e ajudando pessoas como eu a serem vivas.

14_google//

www.voegol.com.br
www.varig.com.br
www.tam.com.br

www.localiza.com.br
www.avis.com.br

www.caminhodorei.com.br
www.fazendaverderosa.com.br
www.pousadabouganville.com.br

www.livrariacultura.com.br
www.saraiva.com.br

www. cadernodigital.uol.com.br/guiadosexo
www.viagra-exchange.com

15_rave//

Bin faz text pelo meio-dia, já começou, quer saber quem mais, sei lá; mando text de volta, sei lá se tou a fim, hoje ando pensando em acalmar o corpo, a semana não foi pra brincadeira. Lu mandou um mail perguntando se eu achava que Bin ia pegar, já andavam assim pra mais de um mês, o cara mandando text pra dizer que andava aqui, andava ali, mas na hora sempre acontecia alguma coisa.

"Bin é gay, disfarça legal, é isso", mandei de volta pra ela parar de me encher de pergunta no meio da tarde, a coisa pegando feio aqui na agência, cliente novo pra gente impressionar, o meu chefe atrás de mim pra tudo, como eu ia pensar em balada numa hora assim?

Gay nada, a Lu ouviu falar, alguém que ela conhece já pegou, e o que tenho com isso? Text novo, o celular não me larga e é sexta-feira, o que o meu chefe vai dizer se eu fico pegando mensagem o tempo inteiro?

"A gente vai de chill in no café, chegar pelas duas, a gente não quer desculpa."

Tá, vou. Eu sempre vou.

Saí da agência depois das nove, cacete, sempre a pegada da sexta; a galera ia pra uma happy nessa champanharia, se eu ia junto com eles, ia aparecer esse cara, um sujeito que é videomaker, dizem que de LA, mas eles sempre são de SP, nada de vídeo pra mim, cara de vídeo sempre cheira tudo, me diz um monte de merda e pega um avião no outro dia num horário em que eu estou dormindo, selada.

Champanhe não dá, digo pra eles, faço muita merda, aquela bolhinha é o meu fim, saio do sério e começo a dizer que gosto até de teatro, não dá, não posso, outro dia, outra onda, sem videomaker nem coisas com gás dentro, combinado, vou nessa, ainda tenho que pegar uma saia e passar no súper, saco, mas é isso aí.

Text do Bin; pegou o EC, legal, a festa tem dono e eu não sei se tomo de novo, da última vez apareci dançando num chafariz de parque, dez e meia da manhã de domingo, todo mundo achando que era filmagem do Hair de novo, eu de riponga, só o que me faltava nessa vida, isso nunca. EC, caramba, eu tinha prometido que nunca mais, mas ligam a luz, bate o drum e lá vou eu, nua por dentro.

Pego o dvd do Sex, choro um pouco abraçada na Carrie, que sofre muito pelo Aidan, eu sei, durmo com o pé na mesinha e um copo de nada, sei lá pra onde foi o que eu estava bebendo, não lembro o que era. Olho o celular, tem clique da Laura, olho pra foto, ela dizendo que hoje vai assim, e tá linda, cacete, sempre linda, que sobra pra gente?

Produzi pouco, não tinha clima, quase não vou, mas o pessoal diz que me bipa na chegada e já é quase hora, que seca, saio atrás da bolsa que escolhi pra hoje, na última vez fiquei pelo caminho, cadê o cartão e a grana, não tenho que sair pra tirar — saquei antes, pensei direito dessa vez, isso pelo menos.

Me bipam, desço e oi todo mundo, o pessoal já vinha acelerado, nem escuto direito o que estão dizendo, é Chemical, disco novo, achei que tinha acabado, nunca canso dos caras, coisa boa, meu, um amigo baixou ontem, legal, Soulseek rules! Chill in cheio, vai todo mundo, e eu vejo esse cara, escreve numa revista, não sei o nome, já soube e acho que vai ser por aí, pego ou não pego, pergunto pra Luli, não sei, não peguei, nem sei de quem pegou, mas a Laura, essa pegou todo mundo. Pra Laura não pergunto, já me levou uns dois, achei que ia pegar, chegou a Laura e levou, pelo menos, na boa, sem trauma, do jogo. E o Bin, pergunto pra Lu, mas ela não sabe se quer, tá querendo pegar um sujeito que conheceu semana passada, o cara tem um tatoo que dizem que é tudo, sei lá, não sei de tatoo, quero é carne, elas riem, a gente ri.

A gente sai, ouvi dizer que ouvi dizer, diz o Bin, que sempre sabe, parece que andam pegando EC por aí, que a gente precisa se cuidar com quem compra, com quem vende, muito mal cair assim. A gente só quer dançar. Mas uns morrem. Uns morrem? Tem uns cinco mil em cada festa, todo mundo dançando legal, sem nada, um morre, e é isso, o horror? Uns morrem. Todo mundo morre.

Não vou tomar, resolvi, digo pro Bin, por ele, tudo bem.

Mas bebo um uísque que alguém me estendeu, bebo outro e aí é o fim. Sei lá onde fui, não lembro de quase nada que falei, mas sei que falei muita merda, uísque é assim pra mim. Havia essa lua, eu lembro, e o rio na frente. O pessoal dançava num prédio enorme, parece que foi um depósito de pólvora, isso é engraçado. Uma gente ia pra beira do rio, eu fui junto, passei a mão na bunda de um sujeito, me falaram. A Lu perguntou pro sujeito que ela queria pegar por que ele ficava ali olhando pra ela e não fazia nada e então ele fez, óbvio, é sempre assim. Eu já era o uísque e o pessoal cansou de mim. Lembro da beira do rio, lembro da lua, não lembro da bunda do cara, não sei se isso foi mesmo ou era o pessoal pegando no meu pé porque eles me conhecem no uísque. Vi o Tedi, o garoto, a gente ficou quase todo o ano passado, passando com uma garota loira e com as pernas que eu queria ter, e então fui pro uísque de verdade.

Acordei com o telefone. O telefone. Ele não parava, e eu não conseguia sair do uísque. Alguém pegue essa porra, pensei, mas ninguém pegou e então tive que dar um jeito de encontrar o telefone, mas eu queria sair da cama e não conseguia, batia sempre em alguma coisa. Tentei pelo outro lado e também não dava certo. O telefone não parava, então saí pelo meio, sentei no meu lugar e vi que bem em frente havia uma mesinha e uma lâmpada e um telefone, e dava pra ver bem, tinha muita luz por todo lado, meu Deus, já é dia e eu nem lembro, pensei, e doeu tudo, e eu caminhei até a mesinha e o telefone, pra ele parar peloamordedeus. Parou.

— O Diego?
— Hum?
— O Diego. Eu queria falar com o Diego.
— Só um pouquinho.

Olhei ao redor, mas eu não conseguia saber quem era o Diego. O cara magro e de cabelo comprido, do lado esquerdo, ou o sujeito mais forte e de cabelo raspado, um tatoo no ombro, de dragão, dava pra ver, no outro lado e quase no pé da cama. Pensei em ir lá e acordar os dois, mas me deu esse cansaço. Achei mais fácil deixar o telefone ali do lado, não valia a pena. A minha blusa tinha ficado numa cadeira, a minha saia tive que procurar, junto com uma colcha, da mesma cor. Desci um andar, dois, pela escada; não sabia que prédio era aquele, nem onde ficava, mas lá fora o sol era forte e doía muito e bem nessa hora o meu pé esquerdo inventou de estalar de novo, mesmo lugar da festa no mês passado, o fim.

Resolvi ficar parada ali mesmo, esperando que

alguma coisa acontecesse, que um táxi passasse, um dia sempre passa.

Até quando, eu pensei, até quando? Não sei, não sei, mas acho que um dia, quando eu for mais velha, tiver, uns, sei lá; nesse tempo em que a gente fica séria, acho que aí passa.

16_caixa de entrada//

Infelizmente não posso te dizer o que tenho de parecido ou diferente da nossa amiga em comum. A gente se conhece apenas virtualmente e ela é amiga de uma amiga de uma amiga minha, sacou?! O grupo serve basicamente como terapia de pobre, como bem definiu uma delas. E as questões são colocadas e todo mundo dá palpite.

Ah, é mesmo? Isso é novidade, achei que fossem íntimas. Bom, vivendo e aprendendo com as mulheres. Claro que como vocês são basicamente malucas, toda e qualquer atitude é completamente normal, inclusive ter um e-therapy group.

Apenas conheço a nossa amiga em comum por foto, mas pela foto posso lhe dizer que sou completamente diferente dela: sou morena, cabelo curto, olhos castanho esverdeados e um metro e cinqüenta e oito. Se você quiser, mando uma foto minha para você saber como eu realmente sou (ou, se preferir, você fica só na imaginação, que é sempre melhor do que a realidade — admitamos!)

A minha imaginação não existe, eu sou modelo sem imaginação 1.0. A minha realidade é melhor do que a imaginação. Mande a foto. Vou lhe mandar uma de mim na minha sala junto à minha samambaia bonsai. É o que existe de mais interessante por aqui, eu inclusive. No plano visual, quero dizer.

A nossa amiga me contou que você era maluco. Que tinha enviado uma minissaia para ela, e vocês nem se conheciam direito. Que bacana e engraçado! De qualquer maneira, é preciso ter peito.

Ela contribui com o peito, eu entro com as idéias. Parece mais justo? E o que você acharia se um sujeito mandasse uma saia para você? Você vestiria?

Estou gostando de ver a sua auto-estima! Então, definitivamente, você é uma pessoa interessante.

Interessante eu sou, mas um monte de gente que eu preferiria ver congelada e longe de mim também é interessante. A idéia de que difícil é melhor é um conceito feminino. Uma amiga minha deu pra mim e depois reclamou de ter sido fácil demais. Somente uma mulher iria pensar uma coisa absurda dessas, que ter sido fácil era mau, quero dizer. Já falei que vocês são basicamente malucas?

Quer dizer que você foi criado em uma cidadezinha? Que delícia. Eu saí da casa dos meus pais no ano passado para morar sozinha nesse apartamento que custa uma fortuna. Vale cada centavo que eu pago, posso garantir.

Conheço superbem a sua cidade, passei muito tempo por aí.

Engraçado, não sei se concordo que algumas profissões definem a vida pessoal das pessoas. Todo jornalista é legal? Sei não, e posso lhe afirmar que a minha analista é muito legal. Como conheço muitos advogados que são advogados até de olhos fechados. Acho que você está traumatizado com a sua palestra. Eles tentaram analisar você, foi?

A sua analista é legal dentro do consultório. Do lado de fora ela deve vestir tons pastéis e ouvir Beatles e Caetano. Eu sou traumatizado pelo mundo da psicanálise, mas isso leva tempo pra explicar e começa com uma psicanalista chamada Silvia. E uma pergunta: por que vocês mulheres do sexo feminino gostam tanto de Sex and the City?

Porque fala de amor como ele é. E tem o Mr. Big, que é o Falcatrua Número Um, e todas nós conhecemos um desses e nos apaixonamos pelo idiota e depois morremos sofrendo porque ele nos troca por duas de quinze.

Tá, todo homem é falcatrua. Mas mulher sempre se faz de coitadinha e vítima, não lhe parece?

Eu não me faço de vítima. Eu sou vítima e isso é muito diferente. E eu olho Sex and the City e choro. Teve um episódio que para mim foi um clássico porque elas abordaram o assunto de sexo oral. Na noite anterior eu e as minhas amigas tínhamos falado justamente sobre isso: quantos por cento das mulheres cospem e quantas engolem. E como era esse lance de engolir. Essas coisas.

E você ficou em qual time, apenas por curiosidade natural. Bom, entre vocês é uma conversa e eu sei, por experiência traumática, o quanto vocês gostam de compartilhar. Eu e meus amigos jamais debateríamos sobre sexo (da gente) com mulheres (as nossas).

A gente fala de tudo. E eu não, nunca deixo o cara gozar na minha boca.

Meu Deus.

O que foi?

Eu não sabia que a gente já era tão íntimo.

O que é que foi? Você se chocou, é?

Eu me choquei lá atrás. Agora eu acho que você precisa de castigo mesmo. Como fazer isso com o coitado que ama você ao ponto de colocar um pau (o dele) na sua boca e permitir que você prove o néctar dos deuses e você diz algo assim? Quanto desrespeito! É de matar de desgosto.

Eu tenho essa impressão de que as mulheres abdicam de uma função mais ativa.

Acho que é isso mesmo. Uma vez eu fiz essa pergunta para as minhas amigas e elas me disseram que a mulher jamais poderia se comportar como um frango de padaria!!!

O que elas têm contra frango de padaria? Quantos domingos nos meus tempos de estudante eles resolveram (os frangos, não as mulheres) a minha vida.

Achei muito engraçado isso. E pelo visto é verdade mesmo. Quanto ao descobrimento do corpo alheio, eu concordo com você. Por isso que é raríssimo que a primeira transa com o cara seja boa. Um não conhece o outro, então tende a ser um certo desastre sempre. Eu acho bom perguntar. Não ofende, não é mesmo? O problema é que tem que ser com muito jeito, senão corta o clima. E o processo de descoberta também é legal, porque acho que o seu corpo reage de uma forma diferente com cada cara. Ação e reação, saca?

Não muito.

Não, eu não me excito com os falcatruas. O que aconteceu é que caí nas garras de um, sem saber que ele seria um falcatrua comigo (porque éramos amigos há muito tempo). Fiquei apaixonada por ele, e além disso, tínhamos uma química inacreditável. Do tipo orgasmo simultâneo sem esforço. Mas concordo com você que seis é muito pouco homem para que eu possa saber muita coisa, mas de qualquer maneira, já dá para saber que a coisa não é tão fácil assim.

Ok. Acreditemos. E existe alguma relação entre idade/experiência e qualidade desses caras?

Não. Quem é bom já nasce bom! Isso é dom, meu caro, dom.

Talvez. Mas igual eu queria voltar e encontrar todas as garotas que foram pra cama comigo antes dos meus trinta e pedir desculpas, eu não sabia o que estava fazendo, não era por mal, na boa.

Eu acho bonitinho.

Duas mulheres juntas? Oh, Meu Deus! Vocês homens podiam ter mais criatividade.

Mais criatividade pra quê? E você já viu, por acaso? É a coisa mais querida. E elas ficam se divertindo e a gente pode ir buscar uma cerveja ou trocar a música.

Eu, particularmente, não gosto de sexo agressivo. Esse lance de bater e outras coisas mais não fazem a minha cabeça.

Não é a minha linguagem, mas algumas garotas gostam — muitas, na verdade. Acho que existe um componente maso muito forte nas mulheres.

Uma mulher boa na cama? Não tem fórmula, é como achar alguém que dance legal. Mas existem atitudes legais: a garota certamente tem que gostar muito de sexo ou é claro que não vai ser boa na cama.

Não concordo. Não precisa ser assim tão louca por sexo para ser boa de cama. E também não acho que uma pessoa que goste muiitto de sexo será boa de cama.

Tá, e alguém que goste muuuito de água não vai ser bom nadador porque vai querer engolir tudo? Que tese maluca. Essa é a nossa primeira discordância?

SIIIIIIIMMMM!!!!!!! E mulher tem que ser como pra ser boa de cama?

Meio vadia.

Hummm....

O que foi esse hummm?

Isso. O resto é a química entre duas pessoas, que rola sabe-se lá por quê.

Acho que você tem que dar (oportunidades) pra mais caras. Uma mulher que fala sobre sexo como você tem que ser ótima na cama.

Concordo com você. E quanto ao lance de dar mais chances, também concordo. Mas eu tenho um certo filtro que não me permite sair dando, sabe como? O cara tem que ter outros atributos e não só ser gostoso. Como você pode ver, acabo restringindo o meu campo de possibilidades. Mas se não for assim — e já passei por isso —, acabo não curtindo a transa. Prefiro ser mais seletiva mesmo.

Hum, eu não sou nenhum defensor de sair dando, mas não gosto de excesso de cuidados. A gente tem que assumir riscos — e ir pra cama é sempre melhor do que ver televisão, acho. Exceção se for o time da gente na final da Libertadores.

Apesar de eu morar aqui também não gosto de praia. Pelo menos não daqui da cidade. Fui apenas caminhar na beira da praia, nada de areia e água salgada. Balada?! Apenas bar, cinema e jantares fora. Não curto muito boate. E quando saio para dançar, vou a boates alternativas, onde posso ir de tênis e jeans.

Vocês falam boate aí? Aqui é clube. Eu tenho os extremos: saio pra livraria/café, cinema e bar ou cinema/bar e dance. Sábado, tive uma saída desastrosa, com essa garota que eu não conhecia — e eu levei a dita num clube de black music muuito legal, e ela gostava desse lugar totalmente mauricinho, que só conheço de artigo no jornal.

Ah! E ontem fui ver Tiros em Columbine. Você já viu? Não perca. O documentário é show de bola!!!!

Claro que vi Bowling for Columbine. Eu adoro Michael Moore. Pergunta: conhece Florianópolis?

Conheço quase nada. E agora tem um amigo meu que está morando lá. Tenho mais um motivo para voltar, não? Achei a cidade linda.

Pensei em mais um motivo: se e quando a gente resolver se conhecer, é um bom local.

O Mr. Big NÃO é o cara. O problema é que a química é mais forte do que tudo, sacou?! Amor de pica, quando bate, fica! — já dizia a minha avó.

A sua avó dizia isso? Zolivre, onde vai parar esse mundo. Se bem que a sua avó deve ter a minha idade. E que idade tem essa criança, ainda que mal pergunte?

O Gui tem 30 anos e é o cara mais cabeçudo que eu conheço. Ele é demais. Acho que amei ele.

Hum. Muito novinha pra amores.

Hum, muito velho pra amores. É isso?

Sim. Prefiro emoções fortes e mulheres velozes. Uma delas acaba de me informar que quer ser destruída toda por mim, se eu tiver condições físicas pra isso.

Putz. Imagine só a figura que ela não deve ser. De qualquer maneira, Freud deve ter uma boa explicação para essas taras. Vou perguntar para a Bel (minha psicanalista).

Pulsão de morte manifesta. Já pesquisei.

Jura? Que loucura.

Pode ser, mas o meu ex-psicanalista garante que é normal. Garantia, pelo menos.

Desistiu da psicanálise?

Não! Ele morreu. Sério. E que continuo com os mesmos problemas de antes e mais a convicção de que fui eu o assassino. Mas o meu ex-terapeuta mesmo me achava um cara movido a culpa. Mas ele me garantiu, antes de morrer, que todo mundo tem a tal pulsão, que ela só se manifesta de jeitos diferentes. Nessa garota é violência explícita. Contei para você como foi quando a gente se conheceu? Quando acordei eu tinha marca de unha e roxos por todo lado.

A que você pegou numa vernissage da sua ex?

Essa mesma. Maravilha. E sexo com ela é qualquer coisa. Se ela gostasse de dar a bunda, então sim, seria perfeita, mas ninguém é perfeito. Ou será que você é perfeita?

Eu não sou perfeita. Mas você ainda não sabe disso. E tenho que ir. Hoje é dia de balada. Vida de solteira é dureza.

Calma, que a vida não pode ser só isso, irmã. E a reflexão e a oração, ficam onde?

Já estou de joelhos, irmão. Pena que você não possa ver.

Isso, provoque, irmã. Todos agradecemos a sua caridade cristã. E acabo de receber um mail de nossa amiga em comum, a que alega que não quer nada comigo.

Ela não necessariamente quer dar para você. Está apenas provocando. Vocês homens não entendem nada!

EU SEI que ela não quer necessariamente dar pra mim, isso eu já saquei. Mas pra que provocar então? Pra minha cabecinha isso não faz nenhum sentido.

Homens são mesmo muito burros.

Ainda está aí? Não estava atrasada, não tinha balada e tal? Quem sabe você não cai fora?

Magooou?

Meu silêncio será minha vingança. Fui.

Criança. Eu é que fui. Pra balada. Me deseje sorte, hoje acho que saio do zerão.

Você não gostou! Puxa, eu curti bem o livro. Minha mãe amou e comprou uns dez exemplares para dar de presente. Mas eu acho que até entendo que você não tenha gostado. Achei esse livro muito feminino demais. Muito cabeça de mulher insatisfeita (opa! Essa sou eu!).

Não é qualquer homem que vai gostar desse livro, não. Eu realmente entendo você.

Humm, na verdade são dois os problemas: um, a coisa de ser mulherzinha (diferente de feminino).
Eu conheço grandes poetas do cotidiano. A questão não é ser simples, mas superficial. E não sei se o contrário de profundo é superficial. Anyway, não achei nada bom e até por outro lado, questionável mesmo. E se mulher pensa mesmo daquele jeito, vocês estão mal na parada.

Bem, eu de certa forma me identifiquei com o livro. A minha cabeça roda em rotação acelerada, mas concordo com você: o simples não é superficial. Bom, chega de conversa que eu tenho trabalho. E você nem perguntou da balada. Ciuminho?

Acho que ouvi um ruído ao fundo. Alguém querendo me falar de uma tal de balada e eu nem aí?

Que pena que não tá querendo saber de nada. Pois fique sabendo que um rapaz elogiou muito o meu gosto pra meu underwear. Morra de inveja.

Por que ninguém elogia meu underwear?

Deve usar Hering. Deve ser o maior caretão.

Isso; mais, mais!

Oh! Serei eternamente grata!!!! Você irá me poupar! Aliás, me poupar de que mesmo, hein?! Ah, sim! Dos seus superpoderes para me subjugar. Ohhhhhhh.

Se continuar com isso eu não subjugo mais.

Ok. Já me aquietei, tá? Você me subjugou. E atendendo a pedidos, aqui vai mais uma fotinho minha. Não está muito nítida, mas acontece que eu não gostei de nenhuma foto que tenho em arquivo. Acho que estou esquisita em todas. Coisas de mulherzinha.

Sério?

Sério. Geralmente me odeio em foto. Tenho um certo problema com a minha imagem, me acho mais bacana do que vejo nas fotos. Essas coisas.

Só você e noventa por cento da humanidade.

Mas amanhã eu descompenso. Tenho um casamento chiquérrimo e vou de princesa.

Eu gostaria muito de assistir, mas acho que vou ficar doente, bem nessa hora. Bom casamento.

É num hotel chiquérrimo e tudo. Quer saber o que eu resolvi vestir?

Claro que não. Eu sou homem. HOMEM!

Não quer saber então? Então não vou contar que infelizmente não consegui fugir do pretinho básico. E como o vestido era tomara-que-caia (ahahaha... esse nome, escrito, é muito engraçado!), não usei sutiã. Mas a minha calcinha era preta, estilo biquíni, para fechar no look black, e daquelas da marca "Plié" que não têm costura e que são de lycra. Deliciosas de usar, por sinal. Sandália preta, salto 8, brincos de brilhante e anel de ouro branco. Legado do meu ex. Nada de colar porque o vestido já tem um detalhe de renda com uns negocinhos que brilham um pouco. Matou a curiosidade?

A coitada já estava morta antes disso tudo. A pergunta que fica é: rendeu alguma coisa?

De homem? Nada, mas o mulherio me achou um arraso. Ah, e um estagiário quis me pegar, achou que eu tinha bebido e ia dar pra ele. Se deu mal.

E por que você, sóbria ou não, preferiu ir fazer nananinha do que dar pro estagiário? Eu sei que você falou que tem que haver algo e tal, mas não se abrem exceções aí na lojinha? Mulher chata.

Sou chata, não, mas esse estagiário se acha demais. Eu nunca ia dar esse gostinho a ele! Veja você que ele pensou que ia me pegar porque achou que eu estava bêbada!

A minha casa é bem clean mesmo. E a poltrona é assinada, Philip Starck (e o seu olhar é atento mesmo). Eu não sou assinado.

Ah, você não é assinado não?! Vale pouco, pelo jeito.

Eu não valho nada. Mas não fico dando pra estagiário.

Eu não dei pro estagiário. E você ainda não me falou nada sobre seu underwear e tinha prometido.

Eu não costumo falar dessas coisas, mas como eu já sei até o que você pensa a respeito de caras gozando na sua boca, acho que a gente já ficou íntimo o suficiente.

Morri de rir. Você tem toda razão. Já somos beeeemmm íntimos!

E vai mais uma foto, agora com a minha atual ex. Olha que beldade.

Sua ex ou você?!

Cinderela, uma das minhas cuecas temáticas é de abóboras.

Que loucura. Depois da meia-noite elas não se transformam em carruagem não, né?!

Não. Se tudo der certo elas se transformam num montinho num canto.

Eu olho a roupa, mas olho mesmo é pra qual o estilo de calcinha ela usa. Isso diz muito de uma pessoa. Estou contando isso porque somos íntimos, isso é informação valiosíssima.

Ok. Top Secret. Mas como uma calcinha diz muito da mulher? Eu tenho vários tipos de calcinha, por exemplo. Isso significa que eu sou muitas em uma?

Religiões? Eu detesto todas. Bem democraticamente. Ah, não. Eu detesto umas mais do que as outras.

E de centro espírita, o que você acha?

E como anda a tarde? E o que você está vestindo hoje? Descrição completa, please.

A tarde anda sem trabalho. Como estou vestida? Calça preta reta de crepe com algum outro tecido, blusa lilás (tipo lã) de manga comprida e gola em V (ela é justinha) e uma blusa preta amarrada nas costas. Sapato Chanel preto. Colar preto com bolinhas vermelhas (duas voltas no pescoço), óculos de armação preta (é um Gucci e a armação dele é retangular). Ah! E sutiã e calcinha entre o lilás e o vinho-claro. (Não sei que diabos de cor é essa.)

Como é crepe?

Putz! Como vou lhe explicar isso?! Pede para alguma mulher do seu lado mostrar — alguma deve estar vestindo alguma coisa de crepe, não?!

Gola em V é bom, de colocar a mão, quero dizer.

Sabe que eu senti?!

Nenhum blusão devia ter gola que não fosse em V. A gente coloca a mão e vai direto ao ponto.

Hhhummm, sacanagem! Peraí que eu vou ligar para o meu Fuck-buddy!

Já vi você de óculos? Acho que não.

Não. Estou mandando uma foto minha de óculos. Mas não é a armação que eu estou usando hoje (tenho várias armações, sabe, mudar sempre!!!).

Uma cor entre lilás e vinho-claro?

Isso, tipo roxo-claro, eu acho.

Lycra, com alguma renda? Aí faz frio?

Não é lycra não. E nada de rendas. É um daqueles tecidos todos misturados: poliamida com elastano com algodão etc. etc. Não tanto frio assim. Só um pouquinho. Tipo 24 graus.

E o jeito como a gente usa a calcinha diz muito? Tipo se eu uso ela enfiada ou não, é isso?!

Isso mesmo, minha gente. Se e o quanto você permite que ela se enfie, se é mais cavada ou mais baixa etc. Isso diz tudo sobre uma garota, se é conservadora, se é mais ousada etc. Eu acho o tema fascinante. Aliás, bota fascinante nisso. Como deve ser chato olhar pra homem, Deus meu.

Nossa, não sabia que dava para tirar o perfil psicológico de uma garota pela forma como ela usa calcinha, que interessante! Bom, e concluo que dê para saber como o cara é pela cueca dele também, pensando bem, é isso aí! E vou te dizer que não é nada, nada chato olhar para os homens. É uma delícia.

Você é paga por hora?

Sou. Fico com 50% da minha hora.

Eu acho que tem mais uma profissão que cobra desse jeito.

Veja você como prostitutas e advogadas têm muita coisa em comum!

Eu tinha pensado em suporte de informática.

HAHAHAHA! Então, reformulando: veja você como prostitutas, suportes de informática e advogadas têm muita coisa em comum!

Até agora, perfeita. Ah, não perfeita. Temos o probleminha do sexo oral. E você absolutamente não parece complicada. Meio difícil, em alguns momentos. Mas nada complicada.

É, eu também não me acho complicada, mas me veio à cabeça essa música "Complicada e perfeitinha, você me apareceu, era tudo que eu queria."

Isso é música? Ah, e combinei com uma amiga plus que a gente ia a SP no outro final de semana, pra ver a mostra do Warhol+Haring e a restrospectiva do Iberê Camargo (aliás me mandou um mail há pouco a diaba, dizendo que não vai poder ir até agosto, pelo menos, saco!).

Cara, está aí um outro lugar onde a gente podia se encontrar. Em Sampa. Estou com uma passagem comprada para lá e até agora não usei. Não sou muito íntima do lugar, mas que tem um monte de coisa legal para se fazer em São Paulo, ah, isso tem.

Ficou superdiferente.

Jura?

Mulher séria?

Visto meu papel de superprofissional. Por isso que não saio à noite de óculos, me sinto uma velha!

Se bem que predomina o seu sorriso, não?

Sempre!

Deve ser visível em Marte, a olho nu. Que sorriso. Se eu tentasse alguma coisa assim ia deslocar o maxilar, com certeza.

Como você é bobo. Melhorou o humor?

Mucho mejor, chica. Ontem eu passei o dia inteiro com uma dor de cabeça atroz. Acho que foi sinusite, em conseqüência da minha garganta na semana passada. Fui pra casa lá pelas oito da noite e às dez e meia eu já estava dormindo, coisa muuuito rara. Puxa, perdi Sex and the City! Como eu vou ser uma mulher moderna desse jeito?

É, dessa maneira você não vai conseguir evoluir.

Terminei o Elio Gaspari, mas tenho ainda uns três ou quatro que estou lendo ao mesmo tempo: um sobre os últimos quinhentos anos de hegemonia ocidental, um sobre a Mesopotâmia e a criação das cidades, e outro sobre a autobiografia do Hobsbawn, que estou quase terminando. Pelo menos é uma vantagem da vida de solteiro. Sem uma mulher querendo debater o relacionamento sobra tempo pra leitura.

Existem umas mulheres que gostam de uma certa dose de violência doméstica e solicitam a mesma. E eu, que vivo com o único motivo de satisfazer a clientela, quando solicitado, solto o braço nelas.

Solta o braço?! Nossa, imaginei a cena e tive arrepios.

Pois a moça em questão pediu com muita intensidade (parecia estar se divertindo bastante) e agora me manda um mail contando que está com uma bela marca nos braços, que as pessoas perguntam o que houve e ela diz que foi vítima de violência sexual e o pessoal ri e não diz mais nada.

Putz. Imagine só a figura que ela não deve ser. De qualquer maneira, Freud deve ter uma boa explicação para essas taras. Vou perguntar para a Bel.

Pulsão de morte manifesta, já pesquisei. E eu estou morrendo de culpa. Não pela pancada, que afinal foi solicitada e produziu efeito, mas pelo amadorismo. Onde já se viu deixar marca? Será que a nobre polícia dá curso pra mané precisando de instrução? Cartas pra essa caixa postal.

Bem, não sei se a polícia dá curso pra mané, até porque acho que eles não estão muito preocupados em não deixar marcas. Acho que é ela quem tem que tomar os cuidados pós sexo, do tipo colocar gelo ou coisa assim. Sei lá. E nem quero saber essas coisas, Deus meu!

Eu não acredito. Tudo isso e você não deu pro cara? Lá em casa isso é considerado crime hediondo. O que ele fala pra você? E, na boa, o cara lhe proporciona tudo isso, e ainda por cima com prosecco, e você, nem beijinho? É de matar um pai de desgosto. Explique-se e muito bem ou eu solto o Sultão, o cachorrinho fila que eu um dia nunca vou ter, pra cima de você.

Por que é que sou insensível? Como eu disse no outro mail, tudo isso faz parte do jogo! É porque você não conhece a figura. Mas eu AMO ele. Fico sofrendo com o dia em que eu vou perder tudo isso, ai, ai, mas estou aproveitando cada momento. Posso garantir. Para você ter uma idéia, vou mandar flores para ele agora no dia dos namorados. Acho que ele vai gostar.

A sua avó dizia isso! Zolivre, onde vai parar esse mundo. Se bem que a sua avó deve ter a minha idade.

Porra! Você tá velho assim, cara? Minhas avós estão na faixa dos 80.

Que idade tinha essa criança, ainda que mal pergunte?

O meu ex tem trinta anos e é o cara mais cabeçudo que eu conheço. Ele é demais. Acho que amei ele.

Mas que tem umas questões de criança, isso tem.

Não são questões de criança, mas de cabeçudo. Para ele essa questão de conhecimento é séria, bem, whatever!

Eu tinha marca de unha e roxos por todo lado. Deve ter sido meu inconsciente se vingando.

Foi ela que abriu a cerveja com a boca? Deve ser uma figura!

Essa mesma. Maravilha. E sexo com ela é qualquer coisa. Se ela gostasse de dar a bunda, então sim, seria perfeita.

Quem sabe um dia eu também não passe a curtir engolir, se bem que eu não sei de nenhuma mulher que goste realmente, mas se isso dá prazer para os caras, vale o esforço.

Nada de filhos. Eu prefiro adicionar coisas que eu possa remover (à minha vida, quero dizer). Nada de filhos nem tatuagens, em se seguindo a norma acima.

Interessante. Aliás, não, a tatuagem você pode tirar. Que louco você!

Calma, que a vida não pode ser só isso, irmã. E a reflexão e a oração, ficam onde?

O bar tem sido a minha igreja, irmão.

E então, São Paulo ou Florianópolis?

Véspera do feriado?! Você vai emendar? Acho que Sampa fica mais viável, até porque eu tenho aquela passagem já comprada. Me diga um dia e a gente combina.

Ela não necessariamente quer dar para você. Está apenas te provocando. Vocês não entendem nada!

EU SEI que ela não quer necessariamente dar pra mim, isso eu já saquei. Mas pra que provocar então? Pra minha cabecinha isso não faz nenhum sentido. Se eu provoco é porque quero carnificina.

Acabei de ver Sex and the City, pra mostrar pra você que eu sou um sujeito totalmente interessado em me aperfeiçoar e compreender o tal de universo feminino. Me entediei pra caralho.

Ok, não ria e nem grite: mas eu chorei ontem no final do Sex and the City. Tá. Agora você deve estar falando para você mesmo que nada faz sentido, mas eu tenho que lhe dizer que é isso mesmo. Esse é o universo feminino.

Mas não adiantou muito: na boa, a garota que vai casar e nunca comeu o rapaz e que na hora descobre que o cara tem um probleminha?

Sim. A personagem dela é superultra romântica e o casamento pra ela é tudo nessa vida. Então, não entendi o que você não entendeu — o fato de ele ter um problema e de ela casar mesmo assim?

Ora, quer coisa mais romântica do que o pensamento de que juntos tudo será resolvido? De que se um ama o outro problemas não existem? Ou, se existem, necessariamente serão superados? Acho que ainda existe mulher assim.

E o drama da garota que conta pro atual cara que comeu o ex-namorado e ele entra numa crise sem volta? Me parece forçado, ou o mundo aí fora é assim mesmo?

Não. O mundo aqui fora é assim mesmo. Essa cena foi muito triste, foi aí que o meu olho começou a encher de lágrimas. O Aidan gostava muito, muito, dela e a decepção dele é de cortar o coração. A gente cresce com os outros dizendo que a gente tem que ser sincera e honesta sempre, mas numa hora dessas é que a gente vê que o que os olhos não vêem o coração não sente, e que existem muitas coisas que não devem ser ditas num relacionamento. Eu já passei por uma situação parecida com essa e aprendi na pele que a minha boquinha deve se calar em algumas horas.

Me explique melhor o que o seriado mostra? Eu acho meio sem sentido.

O seriado não é sem sentido. Eu acho ele bem real e é por isso que gosto tanto dele. Ele aborda questões que de fato acontecem em nossas vidas. Por que sem sentido? Talvez você não tivesse a reação do cara, por exemplo, mas aí eu diria que você é exceção. A maioria faria exatamente da mesma forma. A questão agora é ver o que ele vai decidir da vida dele.

E como foi a balada ontem?

Não teve. Fiquei em casa descansando.

Aliás, ontem havia lua, brilhando à noite e NINGUÉM pra dar pra mim. Inferno.

Ai, que desperdício! Nesse sábado começa a lua cheia, já estou me preparando.

E ficamos onde, em Sampa?

Ambos adultos. Você fica no hotel comigo. Se a gente se odiar você vai pra um quarto seu.

Sei não. Não estou a fim de passar por uma situação constrangedora. Do tipo daquela garota que você odiou e estavam na praia só os dois? Não acho que isso vá acontecer com a gente, mas, sei lá. Está a fim de arriscar?!

Dois forasteiros em dois locais diferentes de SP pode ser meio complicado.

Eu sei. Concordo com você. Eu ainda posso ficar num apart perto dos Jardins que também é de graça. Estou estudando as possibilidades. Onde você estava pensando em ficar?

Eu não me preocupo nada com isso. Ao menos textualmente já me dou superbem com você; um cara como eu, topar ficar num quarto com alguém que eu nunca encontrei é o máximo do radicalismo, e, no entanto, divertido.

No mesmo quarto é demais para mim! Ainda não me liberei a esse ponto.

A jornalista, bom, eu JAMAIS iria a qualquer lugar com ela do qual eu não pudesse sair correndo — e isso antes de sair com ela. Eu já sabia o suficiente a respeito, como acho que já sei de você. A gente se odiar? Acho muito improvável e, portanto, arriscaria.

É, eu também acho que a gente não se odiaria, mas não sei como funcionaríamos no mundo real, digo. As coisas sempre acontecem de forma diferente: internet x realidade. Será que seremos bons amigos?

Você tem um apart nos Jardins?

Eu não. A minha tia consegue que eu fique num de graça.

Eu costumo ficar num hotel nos Jardins. Se você tiver esse flat e quiser usar, ok. Se quiser pegar um quarto no mesmo hotel que eu, a gente pode dividir o aluguel do seu apto, já que eu não estarei gastando nada e essa é uma experiência conjunta.

Gentileza da sua parte. Eu agradeço, mas não poderia aceitar. Vamos ver como nos ajeitamos.

O que eu acho é que eu posso ficar em SP na quinta, feriado e na sexta. Sábado eu teria que voltar. Quatro dias em SP é muita coisa, não?

Depende, tem tanta coisa para fazer. De qualquer maneira, a gente pode decidir isso um pouco mais para frente, não?!

Caramba, tinha me esquecido mais ou menos desse assunto. (Há pouco uma amiga mandou um mail falando de jantar de solteiros e então caiu a ficha.) Feliz Dia dos Desagarrados, no caso? Desagarrados? Livres pra agarrar? Vamos ver no que que dá.

Aliás, hoje ouvi uma mulher falando no rádio que os homens são infantis, porque conseguem separar amor de sexo. Não entendi nada. E quem NÃO consegue separar as coisas é que é adulto?

Na cabecinha dela, sim.

Verdade. Tem que ler aqueles troços todos com atenção pros detalhes. Eu não consigo ler nenhum contrato, sou uma vítima natural.

Pois é, graças a pessoas como você que nós estamos enriquecendo!

Me pergunto quanto será que custa o serviço de escorts.

Tem de todos os preços. Circulam vários books por aí. Pessoal de mercado financeiro é que sabe tudo.

E elas certamente não dão pra eles, é só pra aparecer junto, sabe?

Sei, mas tudo vai depender do que foi contratado.

Hummmm, eu cheguei ao conceito de encontro+encanto, como a condição básica pra um relacionamento pra valer. Encanto é a coisa não explicável, e encontro é a identidade, é o encontro do outro que promove a ruptura com a nossa condição individual (eu chamo isso de suspensão da solidão — melhor em inglês, suspension of solitude; conhece o conceito do Walter Benjamin, de suspensão da descrença, como elemento essencial da relação entre a gente e uma narrativa? Tipo, um filme tem que suspender a nossa descrença, pra gente entrar na história). Se você pensar, várias pessoas representam um encanto e muitas outras um encontro. Mas as duas coisas juntas, e com alguém que tenha a mesma coisa pela gente, puxa, isso é dureza acontecer.

Maravilhosa essa sua teoria. Tenho que me aprofundar mais nela. Suspension of solitude — perfeito! E o encanto é tudo nessa vida. Essa expressão suspensão da descrença e suspensão da solidão dão a forma exata para o que eu não sinto mais (por enquanto, espero eu!). Essa teoria do Walter Benjamin está em algum lugar onde eu possa lê-la? E estou ansiosa pelo nosso encontro.

Idem. Claro que sexo nem passou pela sua cabeça.

Olha, até que passou, não vou mentir não. Mas tudo vai depender do olhar e do contato físico, não sei como será a minha reação, então pensei que seria melhor não pensar nisso.

Acho que vou tirar o dvd e ficar quieto em casa. Mais seguro. Você tem um alvo nessa turminha?

Nada de target. Somos três mulheres e um casal. Nada demais. Aliás, o meu único alvo é um caso à parte que depois eu tenho que contar com calma pra você. O cara simplesmente abala as minhas estruturas. É algo impressionante.

Uêpa. E onde anda esse sujeito que não no seu abatedouro?

Pois é, fico pensando a mesma coisa. Mas ele tem algum problema. Só que eu ainda não sei qual. Dentre a lista que já fiz, ser gay está em primeiro lugar. A segunda é ser broxa e a terceira é ter ejaculação precoce. O cara não dá a mínima para mim — até aí tudo bem —, mas não estar nem aí para mulher alguma? Pelo menos até onde eu e as minhas amigas temos conhecimento, e o cara é bonito, supertransado (mas não é fashion), tem grana, mora sozinho, trinta e três anos, tem um Jeep (que é o meu tesão de carro!), etc. etc. e está sempre sozinho! De qualquer maneira, ele realmente mexe mmmmuuiiittto comigo. Do tipo, eu chego a ficar tremendo do lado dele, logo eu!!! Mas pelo visto ele não sente a mesma coisa por mim. Já fiz duas investidas sutis (via e-mail) para saber qual era a dele. Ele foi gentil comigo, mas parou por aí. Então fico eu aqui pensando nele e o quanto não seria legal se esse encanto (porque não sei se é uma questão de encontro) pudesse realmente acontecer.

Eu sei praticamente tudo, é só perguntar.

Oh! Que bom! Qual o sentido da vida? Sempre quis saber disso.

Eu sei responder em servo-croata. Mas você não sabe servo-croata, não é mesmo? Pena.

Sabe que eu não sei? Eu não lembro onde eu li (mas a Sharon Stone faz referência a esse conceito naquele filme onde ela aparece sem calcinha, pra mostrar que ela é uma intelectual (escritora, no filme). Mas vai de Google, suspension of disbelief. É bem consagrado. Você sabe como o Benjamin morreu?

"... Benjamin morreu numa fuga desesperada das tropas nazistas, ingerindo, de uma só vez, metade dos 50 tabletes de morfina que seu amigo, o escritor Arthur Koestler, partilhara com ele."

Escuta, você tem certeza que essa foi uma expressão criada pelo W.B.? Acabo de ler um artigo que fala que essa expressão é do Samuel Taylor Coleridge.

Sério? Sempre achei que fosse do Benjamin.
E acho você muito novinha, esses momentos de desencanto são normais.

Você acha que esses momentos têm a ver com a minha idade? Tipo, quando eu tiver a sua idade eu não mais os terei? Ou já serei uma pessoa completamente desencantada com as coisas?!

Sim.

Legal saber disso, je suis unique!

Claro que é sim. A única única. Até, estou saindo. Beijos.

Beijos. Beijos? Meu Deus! Ele me mandou beijos. Deve ser o efeito do dia dos namorados! Beijos para você também.

Jesus, eu fiz isso? De língua então. Bllleijos

Opa! Outros para você!

Ora vejam. Como é ser transado sem ser fashion?

É um estilo tipo Wöllner, conhece essa loja? Tipo os caras que fazem off road, que escalam, fazem trilha, essas coisas. Nada de mundo da moda ou do cinema, por exemplo.

A primeira opção parece ser gay mesmo, se o cara é tudo isso e não é flagrado com mulheres. Sorry.

Pois é. E eu quero MORRER!!!! Porque essa sensação que eu tenho com ele, nunca tive com ninguém.

Você é gay também. Acontece, nada de grave.

Não é mole é ser tudo isso e não sair do zero a zero em tempos de lua cheia. Na boa!

Pois é, o zero a zero é que mata.

O Sr.-me-fez-ver-estrelas acaba de me mandar um mail (diretamente de NYC) dizendo que sonhou comigo esta noite, o que fez aumentar a saudade AINDA mais!!! Você sabe qual a leitura disso?! Ele deve estar com passagem marcada para vir pra cá. Ele sempre prepara o terreno antes.

Bom, você não pode reclamar de falta de emoções fortes, não é mesmo? E o que o seu falca faz em NYC?

De jeito nenhum! Meu Falc é o número dois de uma supermulti de finanças em NYC e na Europa. Bonito isso, não?! Eu transo com um milionário. Rá. Grandes merdas.

O poder é afrodisíaco. E por que esse cara ainda não adquiriu você todinha e levou pra NY?

Porque ele é casado. Simplesmente por causa disso. Acho que com este item respondo a dúvida acima. Acho que já deu de insanidade por um longo tempo.

Caramba. Você é muito pior do que eu pensava. E vem mesmo a SP pra gente se conhecer? Eu quero ver a mostra do Warhol e do Iberê. No resto do tempo, sem planos.

Se eu for, fico no seu hotel?

Eu disse que tudo bem. Mas você acha que tudo bem?

Não sei. E se a gente se odiar?

A gente vai se odiar?

E se eu não der pra você?

Eu encho você de pancada. Vem?

Acho que talvez.

Talvez?

Talvez. É isso. Talvez. Tchau.

Já vai? O que rola hoje?

O cara da loja de discos. O que é apaixonado e me escreve contos.

Ele sofre muito nos contos?

Sofre. Tadinho.

Ele é o que escreveu aquele conto que você me mostrou?

Sim.

Só uma coisa.

Qual?

Diga a ele pra usar menos adjetivos.

Menos adjetivos?

É. Mais substantivos. Menos adjetivos. Como devia ser na vida real.

Em SP também?

O que é mais real do que SP? Inversão térmica e greve no metrô. Programados pra quando a gente estiver lá.

Puxa, e a gente vai assim mesmo?

Eu tenho que ir. Você vai?

Talvez.

Talvez?

Max. Esse lance de se conhecer na web e depois se encontrar, sabe?

O que tem?

Não sei. Nunca dá muito certo comigo.

17_cinqüenta anos em cinco//

O professor de Planejamento ali, dez e meia da noite de uma sexta e o cara firme, óculos de tartaruga, calça bege, meu jesus cristinho, claro que não pega ninguém, tanto faz ser sexta quase onze da noite, segunda meio-dia; pro cara dá no mesmo. Mas a gente tá aqui e lá longe, pensando na balada, no gatinho que disse que tinha pensado em quem sabe aparecer nesse bar black, quem sabe a gente se encontra, quem sabe a gente faz o seguinte, pega o celular um do outro e se liga assim que der, que tal tudo isso acontecendo enquanto o professor resolve salvar a minha geração inteira de um futuro trágico ensinando tudo sobre o planejamento estratégico; e tomem o Japão do pós-guerra, e tomem a Coréia, e a Índia, e tudo quanto é país muito mais fodido do que a gente pouco tempo atrás e agora olhem só, renda per capita acima dos vinte mil, progresso, primeiro mundo, aleluia.

    Planejamento. A arte de usar os recursos sempre escassos da maneira mais eficiente possível, de acordo com os nossos objetivos estratégicos, sejam eles quais forem.

    O professor acordou, falou mais alguma coisa sobre a análise do projeto americano pós Guerra Fria;

mandou a gente ler esse ensaiozinho de umas quarenta páginas do Economist, coisa pouca, pra que serve o fim de semana afinal, e lá fomos todos salvar o Brasil do subdesenvolvimento, rua abaixo, e tendo que ir pra casa de ônibus, meu pai liberou o carro, mas justamente nessa semana precisou fazer revisão e cá estamos, mais de onze e de ônibus, e se existe uma renda per capita que precisa melhorar urgentemente eu sei bem qual é.

— Dani, carona?

O planejamento precisa incluir o acaso. Eu li isso em algum lugar. Funciona.

— Tita. Deus te abençoe. Vai pra que lado?

— Casinha. Rolou stress com o ex-namorado. O esquema pra hoje furou. E você? Vai fazer o quê?

Pensei em dizer que não ia fazer nada. Ela pelo menos tinha um ex, e eu, nem isso. Ex perde a validade depois de um ano. Não pega bem falar em um ex de quem ninguém mais lembra, eu muito menos.

— Fiquei de aparecer num bar. Um sujeito disse que ia passar lá.

— Pegation?

— Mais ou menos.

Menos. Bem menos. A gente tinha mais ou menos quase se pegado, mas eu pelo menos tinha passado um tempão bebendo tequila antes de chegar nele, cadê coragem? Na hora de olhar nos olhos e falar coisas e beijar na boca eu não conseguia achar o cara certo, daqueles dois ou três que ficavam olhando pra mim, todos com camisa listrada, pra atrapalhar ainda mais a visão. Vida dura.

A Tita era legal, a gente conversava de vez em quando, sentava ao meu lado, minha idade. Tit, os garotos a chamavam, por conta daqueles peitos, eu sabia. E vamos combinar que isso ela tem, peito de sobra, quero dizer, uma puta vantagem estratégica, se vocês querem saber.

— A gente podia ir até o bar e ver o que rola
— Podia. Essa coisa do meu ex me deixou meio assim. Acho que ia ser legal sair hoje.
— E se arrumar, e tal?
— Você tá bem. Eu preciso de uma melhorada. Minha casa fica perto. Que tal?

Tit era gente grande, morava sozinha. Meu ex dividia apartamento com mais dois caras, nada de gritaria, uma vez o cara colocou um travesseiro na minha boca, acreditem.

A gente subiu e eu liguei a tevê, mais por mania. Ela foi pro quarto e me chamou pra dar palpite, sabem mulher?

Ela apareceu com os peitos de fora, inveja daquela, preta, sabem? Eu até que não vou tão assim mal nessa área, mas eu sei o que homem gosta de ver e de pegar e eu saio perdendo direto, sabem homem?

Tita riu pra mim, mostrou duas blusas:

— A vermelha, total vadia. Ou a pretinha me comam, mas não antes de a gente se conhecer melhor?

— A fim de sexo, mulher?

— Uff. Achei que ia rolar com o ex. Se alguma coisa não acontecer hoje, não me responsabilizo. Chamem a polícia, porque eu devoro um deles e não sobra nem osso.

— Sério?

— Sério. Quer beber alguma coisa?

Agora eu queria.

A casa dela era legal, tinha um jeito de gente que sabe morar, deixar um lugar confortável e sem besteira, mas bonito. Havia um sofá de veludo, antigo. Uma tela bacana, um refrigerador na sala, servindo para guardar coisas. Umas fotos dela, no Rio, em Buenos Aires, parecia. Numa pousada. Meio nua, numa praia, um braço aparecendo ao lado da câmera.

— Vinho? Um autêntico chateau sei lá o que, minha mãe deixou aqui uns dias atrás. Ela veio me dizer que se preocupa comigo.

— Se preocupa?

— Solteira, sabe como mãe se preocupa.

— Sei.

Pai tem pânico que o filhinho homem seja gay. Mãe tem pânico de que filhinha fique solteirona. A gente começa a sentir isso pelo treze e nunca mais pára de sentir. A vida era pra ser assim?

A gente sentou pra beber o vinho, que era forte mesmo.

— Deus o livre, esse teu chateau é pra derrubar os caras que vêm até aqui?

— Abatedouro da Tita, seja bem-vinda.

— Saúde. À nossa!

A gente bebeu mais um pouco, pensando cada uma a sua coisa.

— O seu ex.

— Hum?

— Tipo, te comia legal?

— Mais ou menos. Mas era gatinho. Sabe como é, em festa, era legal chegar junto.

— Quanto gatinho?

— Razoável. De médio pra bom. Agora vivo nesse deserto de homens e idéias.

— Você? Quero dizer, com esses. Com esses peitos?

— Tit. Titão, isso aí?

— É, mais ou menos.

— Já prestou atenção na concorrência? O que tem de mulher com peito legal? A tal de plástica, tá ligada?

— Foda.

— Isso.

A gente pensou mais um pouco. Bebeu mais um pouco.

— Sabe, quero dizer, a gente sai, a gente se esforça. Consegue o quê?
— É.
— Pega sempre o amigo do gatinho.
— Isso.
— O gatinho, outra já pegou. Sabe o tipo?

Sei. Mais gostosa do que eu, mais gostosa do que a Tita. Não é tão difícil. Não que a gente não seja legal. A minha bunda já provocou muita coisa. Eu fico direitinho quando coloco a calça certa, quero dizer, sabe a barriguinha de fora? Eu já tinha bebido meia garrafa de chateau, sorte que não tinha vindo de carro, porque tinha ficado doidinha. Adoro vinho.

Ela colocou música, aumentou, a gente riu.
— Chateau.
— Isso.

A gente riu mais um pouco. Olhei pra ela. Tita tinha colocado a blusa vermelha, peito tão, tão, tão alvo. Tão alvo. Minha mão queria pegar, e então peguei. A gente se beijou. Beijei o peito, tirando ele da blusa, ela fechou os olhos, bem como garota faz. Ela colocou a mão na minha calça, não desmaiei porque tinha que pegar o peito dela. Gozei tão rápido que senti tristeza, pensei nesse garoto do ano passado, pena ele não estar aqui pra ver que sim, eu gozava, não era invenção.

Com ela foi bem mais devagar, garotas nunca se sabe. Cansa um pouco lá pela metade, se a menina for daquelas que fica dizendo: — Isso, isso, isso! — e o isso não é bem isso, sabem como é?

A gente ficou ali, deitada, olhando pro teto, no começo ninguém tinha muita coisa pra dizer, melhor ficar por ali mesmo. Mas claro que com mulher, bom, a gente tem que compartilhar, sabem como é. Os caras querem comer a gente de novo ou querem ir ver alguma coisa na tevê ou viram e dormem porque têm que pegar onda no outro dia.

— Tita.
— Hum?
— Eu via você com caras. Nunca te vi perto de uma menina.
— Eu ando com caras.
— E como começou pra você, esse lance de meninas, quero dizer. Você me pegou bem demais.
— Eu vi.

A gente riu. Tinha sido engraçado mesmo.
— Uma priminha.
— Hum?
— A gente com uns, humm, treze. Ela quase com quatorze. A gente ficava se agarrando a noite inteira. Ela começou e eu achei o máximo.
— Sei.
— Mãe, pai, tia, todo mundo achando ótimo, as priminhas indo cedo pra cama, em vez de irem pra festinha com as outras amiguinhas. Meninas sérias.

— Sério?
— Hum, hum.
— E ela?
— Casou com um dentista.
— Nunca mais?
— Nunca! Era brincadeirinha, tipo, a gente queria os garotos e morria de medo.
— Sei.
— E você?
— Nada de mais. Aquela coisa de bad girl, de pegar menina pra mostrar que sim? Tipo, a gente pensa mesmo todo o tipo de merda, então porque não fazer um pouco?
— É.
— E com os caras, tem hora que cansa. Sabe o jeito, colocar o pau na boca da gente, nem falar nada?
— Cacete.
— E pegar a cabeça da gente, mexer pra cima e pra baixo, pra ver se a gente entendeu o que eles tão querendo?
— Dá vontade de morder o filho-da-puta.
— Isso.
— Isso.
— Só que tem essa coisa, não é?
— Tipo?
— Tipo o jeito que menina beija? Sabe, sem pegada?

— Eu não beijo assim.
— Beija assim, uma lingüinha de nada. Olha só. Mostrei. Ela riu. Era assim mesmo.
— Isso cansa. A gente quer pegada.
— Quer mesmo.
— Sabe cara, a gente de quatro, ele te pegando por trás? Essa coisa da gente, de fêmea?
— Uff.

Fiquei pensando. Era uma idéia. O que o meu professor ia pensar disso?

— Tita?
— Hum.
— Sabe essa festa de hoje? O garoto que ficou de talvez quem sabe?
— Que tem?
— Eu não tinha lá muita certeza de ficar com o cara. E não que eu não quisesse. Gatinho da festa, mulher chovendo em cima, tá sabendo?
— A gente nunca leva esse aí.
— Pega o amigo.
— Isso.
— Tita. Pensei nessa coisa.
— Que coisa?
— Uma de nós, sozinha, quero dizer, a gente não pega o gatinho da festa.
— Hum. E?
— As duas?

Ela ficou me olhando. Eu era uma puta, descarada, cínica, abusada.
— Nós duas?
— É.
— O cara ia dizer não?
— Ia?
— Nunca. Claro que não ia.
Ela me olhou mais um tempo. Depois virou e ficou olhando o teto e rindo.
— Me fale desse cara.

Falei e ela disse que ia colocar a blusa preta. Eu perguntei se ela não teria alguma coisa pra eu usar, sabem como é, dupla tem que sincronizar o que faz. A gente levou um tempo, mas no final havia essa sainha que era um arraso, uma blusa branca, um ar de colegial, qual cara ia resistir, qual? Nenhum, quero dizer, não sendo gay, como tantos, não sendo mórmon ou sei lá mais o quê. Sendo um sujeito normal, era nosso.
Falei um pouco pra ela sobre o uso otimizado dos nossos recursos naturais e falei um pouco sobre objetivos estratégicos, mas ela não me deu a mínima, estava mais preocupada porque o rímel ficava borrado e não havia o que fazer.
Planejamento. Se é bom pro Japão, pra Coréia, pra Finlândia, parece bom pra mim. A gente foi de táxi, ficava melhor na hora de convidar o cara pra sair, esse

tinha um carro, eu tinha visto em outra festa. Ainda do lado de dentro, antes de chegar o táxi, dei um beijo leve pra manchar um pouco com batom. Dá sorte, dizem. E sorte era a única coisa que faltava pra tudo, tudo, finalmente, dar certo.

18_psique e melão//
Efraim Medina Reyes

1_

Outro dia de manhã entrei no banheiro para me masturbar. Molhei e passei sabão nas bordas de umas fotos recortadas da *Playboy*, *Hustler* e *Blue*; colei-as no azulejo branco numa certa ordem, e em seguida abri a torneira do chuveiro e me posicionei em frente às fotos. O membro foi endurecendo, meus olhos foram dos peitos de uma negra à xoxota de uma loira. Comecei a esfregá-lo, estava imenso, aquelas fotos eram as melhores que eu tinha conseguido em meses. Acelerava e, quando estava a ponto de ejacular, puxava o freio. De repente a porta do banheiro se abriu, minha reação instintiva foi tapar o sexo: era a minha mãe. Eu não sabia o que fazer. Ela observava as fotos indignada, começou a chorar. A Nancy não demorou para chegar, seguida pelo Léo. Todos olhavam as fotos. Léo balançou a cabeça, fechou a porta e levou-as para a sala. Sentei-me na borda da privada e o ouvi conversando com minha mãe.

— Juro que ele não está louco — dizia.
— Você também faz essas coisas?
— Não, mas...
— Além disso, ele tem mulher.
— E daí?

A Nancy entrou na discussão, e eu já não consegui entender mais nada. Fiquei sentado vendo a água cair, um jato enorme, contínuo. Eu me plantei de novo em frente às fotos esfreguei o membro com força. Lá fora os gritos continuavam. A morena roubava minha atenção com seus peitos brilhantes. Direcionei a porra para a parede, mas não consegui atingir nenhum deles. Descolei as fotos e as joguei no lixo: loiras e morenas ficaram lá, no meio daquela imundície toda. Tomei banho e saí. A mamãe estava na frente da televisão com a minha filha no colo. O Léo e a Nancy continuavam discutindo na cozinha. Eu me tranquei no quarto.

2_

— Por que ficam me vigiando?
— Ninguém está vigiando você.
— Estão, sim, Nancy, você e a mamãe não me perdem de vista, e a mamãe passa o tempo todo grudada na menina, o que é que vocês estão imaginando? Santo Deus, que mentes sujas!
Tinha sido uma semana horrível, com a mamãe e a Nancy enchendo o saco, até na cama me tirava do sério perguntando asneiras.
— Você me detesta?
— Não enche, Nancy.

— Sonha com outras, por que casou comigo?

Das perguntas passava aos gritos e em seguida ao choro. A vigilância se estendia aos meus objetos pessoais, minhas revistas sumiam. Falei com o meu irmão, mas ele não quis arriscar a pele por mim, falou para eu lhes dar tempo.

— É uma babaquice, Léo — disse, angustiado. — Por acaso você não faz a mesma coisa?

— Se falar para elas que eu bato uma, será pior.

— Pior para quem?

— Em alguém elas têm que confiar, não é?

3_

A Nancy falou em nos separarmos, e a mamãe trouxe uns evangélicos para rezar em casa. Suas vozes abafadas acabavam com o meu sono; foram embora depois da meia-noite, e a Nancy e a mamãe continuaram rezando, ajoelhadas perto da cama, como se eu fosse um cadáver. Recebi duas advertências no escritório por me descuidar do trabalho. Uma tarde, eu estava brincando com a menina na varanda e, num minuto, a Nancy veio, tirou a menina e começou a gritar coisas terríveis. Uns vizinhos vieram ver o que estava acontecendo. A Nancy entrou em casa com a menina nos braços. Os vizinhos me lançavam olhares ferozes; optei por entrar também, mas ela tinha trancado com a chave. Um dos vizinhos estava com um pedaço de pau na mão.

— Léo! — gritei desesperado.

A porta se abriu, eu entrei e fui procurar a Nancy. Ela se trancou no quarto com a menina e não quis abrir.

— Logo isso passa — falou Léo.

— E se não passar?

Ele me olhou com pena e coçou o saco. Era dois anos mais novo que eu, mas tinha terminado primeiro os estudos, e eu nunca consegui ganhar dele no jogo de xadrez. Meu irmão, o gênio, desta vez não tinha resposta.

4_

Nos dias seguintes perdi meu jeito afável; precisava fazer um grande esforço para rir, e depois a dor na boca era insuportável. Ninguém na vizinhança me dirigia a palavra, e, quando eu aparecia, as mães recolhiam apressadas os filhos pequenos. Na cama, a Nancy estava rígida e fria, eu não me atrevia a tocar nem sequer num fio de cabelo dela. Diminuí consideravelmente minhas idas ao banheiro, e, quando entrava, saía o mais rápido possível. Perdi o apetite e custava a me concentrar no trabalho; nos corredores, o boato de uma iminente demissão ganhava força. Perdi todo o contato com a minha filha, e só o Léo, a contragosto, continuava me apoiando.

— Você está muito pálido e magro — dizia. — Quanto tempo faz que você não escova os dentes? Deveria ir a um psicólogo, mas antes corte as unhas, faça a barba e dê uma passada no barbeiro.

— Por favor, traga a menina.

— Não posso — dizia. — Se perderem a confiança em mim, vai ser pior.

5_

Um colega do trabalho me contou que tinha visto a Nancy entrando num motel com um cara. Fingi não estar surpreendido, falei que tínhamos decidido nos separar e que eu conhecia o amante. Ele deu de ombros e caminhou até sua baia, eu o segui.

— Que motel era?

Ele riu com malícia e anotou o nome e o endereço do motel num cartão.

— Já passei por isso — disse.

Naquela noite encarei a Nancy, que nem se deu ao trabalho de negar. Falou que tinha encontrado uma pessoa que gostava dela como ela era e que logo ela e a menina iriam viver com ele.

— Você está louca — disse, agarrando-a pelos ombros. — Esse cara só quer se aproveitar de você. Se lhe respeitasse, não lhe levaria para um motel de quinta.

— Me solte, pervertido — disse, elevando a voz. — Henri é um homem de Deus.

Soltei-a. Então era um dos malditos evangélicos.

— Vou quebrar a cara daquele filho-da-puta.

Saí do quarto. A televisão estava ligada mas não tinha ninguém na sala. Tirei a cópia da minha demissão do bolso e a coloquei em cima da mesinha de centro. Eu a tinha assinado horas antes, num impulso de raiva e impotência. Encaminhei-me para a porta, e saí da casa sem fazer barulho. O ar estava frio, e eu tinha pouquíssimas opções; podia comprar tranqüilizantes e fazer um coquetel ou me jogar na frente de um ônibus. Entrei numa farmácia, havia dois caras vestidos de branco atrás do balcão. Falei com um. Trouxe três vidrinhos com comprimidos coloridos.

— E a receita?

— Esqueci de trazer — falei.

— Da próxima vez é melhor que se lembre — murmurou enquanto fazia a nota. — Pode retirá-los no caixa.

6_

Entrei num bar, sentei numa mesa do fundo e pedi uma vodca com gelo. Abri um dos vidrinhos e deixei cair os comprimidos na língua. Esvaziei o copo de um gole só, engolindo tudo. Pedi outra vodca. Não sentia nada estranho. Um homem se aproximou e, sem dizer uma palavra, sentou-se diante de mim.

— O que é que você quer?
— Não se lembra de mim?

Olhei atentamente para ele.

— Sou o Pardo — disse, e soltou uma risadinha inconfundível.

— É mesmo — falei, a língua tinha adormecido um pouco. — Pardo, seu filho-da-puta, como vai?

— Melhor que você, creio.

Tentei falar, mas a voz não saiu, as coisas à minha volta tinham começado a girar, e em seguida tudo ficou escuro. Acordei, de barriga para baixo, em cima de uma velha maca de couro preto com cheiro de suor e álcool, um gancho da armação tinha atravessado o couro e estava me machucando nas costas. Ao mesmo tempo, senti uma espetada na nádega.

— Caralho, que dor!
— Não se mexa! — ralhou uma voz feminina.

Virei o pescoço e vi um Pardo sorridente apoiado nas

minhas costas e, atrás dele, uma enfermeira. — Vai ser só um um minutinho...

— O maldito gancho — falei com um fio de voz. — Me solte seu filho-da-puta.

— Não é para tanto — disse ela, jogando a seringa no lixo. — Vista-se, tem outros pacientes esperando.

A enfermeira saiu. Tentei levantar, o gancho tinha deixado uma ferida bem ali onde o romano feriu Cristo.

— Por pouco me parte em dois — disse, olhando para o gancho. O Pardo riu. — Esta clínica é uma porcaria.

O Pardo me entregou minha roupa, eu me vesti em silêncio. Enquanto esperávamos a conta, eu lhe contei a história sem descuidar dos pormenores. Ele falou que trabalhava na televisão como assistente de um *reality show* e que a minha história poderia lhes interessar. Tínhamos sido colegas de colégio, não o vira depois disso.

— Inclusive você poderia se matar ao vivo — disse muito sério. — Pagariam bem.

Depois que saímos da clínica senti uma fome feroz. Pardo me levou a um restaurante chinês. Enquanto eu devorava uma montanha de arroz, ele explicou a dinâmica do programa.

— E o que é que eu ganho com isso?

— Talvez paguem alguma coisa — disse pensativo. — O que você tem a perder? Ia se matar há uma hora.

Olhei para ele e em seguida para o prato de arroz quase vazio; já não tinha vontade de morrer. Pedi uma cerveja.

7_

No dia do programa (gravação), me arrumei o mais elegantemente que pude. Cheguei meia hora antes. O Pardo me apresentou à mulher que ia me entrevistar e ao especialista que faria os comentários sobre o caso. A mulher mandou que a maquiagem me desse um aspecto mais triste; também me obrigou a trocar minha camisa listrada nova por uma camisa esporte velha e desbotada. Estava inquieto, mas tranqüilo. Sentamo-nos, e as luzes se acenderam. Tinha umas cem pessoas no estúdio. Ela começou a perguntar. No início fiquei um pouco travado, mas as sisudas reflexões do especialista me deram uma folga, e consegui relaxar. Suas palavras eram como um exorcismo: a mulher não parecia satisfeita, olhava para o especialista com ar preocupado. Este falava dos benefícios da masturbação com exagerado entusiasmo. A mulher o interrompia para me fazer perguntas cada vez mais distantes do tema original. De repente, me perguntou se eu seria capaz de violar uma menina.

— Seria — falei. — Uma da sua idade, e só se ela concordasse.

Houve risadas e aplausos. Senti-me à vontade. Ela voltou ao ataque.

— Conhece o amante da sua mulher?

— Não.

— Mas sabe que ela tem um.

Pensei em estrangular o Pardo, aquele traidor desgraçado.

— Mais de um — falei; ela também coleciona revistas.

Mais risadas e aplausos, além de uma ou outra obscenidade dirigida à mulher. O diretor procurava acalmar os ânimos. A mulher se desculpou comigo e passou a palavra para o especialista. Segundo este, a única doença que via em mim era ser singularmente divertido e direto. A mulher saiu do *set* sem se despedir, o especialista veio me apertar a mão, e uma parte do público também. Fundi-me num abraço com o Pardo.

— Desculpe — falei. — Não devia ter contado aquela parte.

— Não tem importância — disse. — Tem que ser um merda para trabalhar nisto.

Rimos. O diretor me deu um tapinha nas costas.

— Você daria um ótimo comediante — disse.

Algumas pessoas queriam o meu autógrafo, era incrível. Peguei um táxi para casa, o programa iria ao ar na mesma noite.

8_

Aparecer na TV não só me devolveu a confiança da minha família como me transformou numa celebridade. Os vizinhos se revezavam para me visitar. A Nancy abriu outra vez as pernas para mim e mandou o tal amante, com Bíblia e tudo, à merda. A minha mãe suspendeu as orações e recebi um telefonema, do presidente da empresa em pessoa, dizendo que me queria de volta no escritório (e com um aumento considerável de salário). Pude abraçar de novo a minha filha e recebi a proposta de uma editora para escrever um livro sobre a minha experiência. O título sugerido era *Masturbar-se: outro caminho para o êxito*. Os produtores daquele programa me fizeram uma oferta para apresentar um novo *reality show* que giraria em torno do sexo solitário. Recusei (sugestão do Pardo), e aumentaram a oferta. Fechamos o acordo, e no mesmo dia contratei um agente. Desta vez saí do escritório com honras.

— As portas ficam abertas — foi a frase final do gerente. — Menos as do banheiro.

Houve risadas, abraços e uma ou outra lágrima.

Em poucas semanas o novo *reality* alcançou os primeiros lugares em audiência, e várias revistas deram capa comigo. A editora lançou um segundo livro. Falei para o editor que queria conhecer quem escrevia meus livros.

— É melhor que não — disse, e acrescentou cruzando os braços. — Quem importa é Beethoven, não o piano.

9_

Quando percebi que os agentes eram trastes inúteis, disse para o Léo que deixasse de vender enciclopédias e se tornasse meu agente.

— Você já tem um agente — disse ele.

Chamei o meu agente e o despedi. Dei dinheiro ao Léo para que comprasse um terno elegante e o convidei para uma festa com celebridades da televisão. O gênio da família olhava de boca aberta para as garotas embrulhadas em celofane.

Quando me dei conta de que qualquer idiota pode escrever livros e colunas de opinião, falei para o editor que me encarregaria de minhas próximas obras e queria duas colunas (a editora tinha várias revistas); uma de sexo e outra de política. *Masturbação S.A.* foi meu primeiro verdadeiro *best seller* (teve traduções em sete idiomas, e vendemos os direitos para o cinema). Logo, um boneco de plástico (Léo dizia que era igualzinho a mim), nu e batendo uma, estava vendendo que nem pão quente nos sex shops e, depois, nas calçadas do centro da cidade. Mudei-me para uma casa com dezoito banheiros e treze quartos no norte da cidade (a festa de inauguração foi transmitida ao vivo). Um grupo de artistas, sob a direção do Léo, publicava mensalmente a revista *MasturArte*, na qual meu único trabalho era responder às diversas perguntas dos leitores (na verdade, quem o fazia era um ex-professor de matemática alcoólatra e sua velha mãe). Separei-me da Nancy (não sem antes comprar apartamento num bairro nobre, onde ela foi morar com a mamãe e a nossa filha) e estava saindo com uma modelo adolescente. Especialistas no tema se reproduziam como ratos, suas conferências eram concorridas. Num anúncio classificado na imprensa li o seguinte: Masturboterapia. Serviço em domicílio. Todo o mundo queria tirar proveito. Um sujeito me propôs sociedade para lançar no mercado uma mão mecânica que ele inventara; mandei-o falar com o Léo. Setores do governo iniciaram uma polêmica sobre as minhas atividades. Para uns, era uma tendência inofensiva que gerava emprego e curava a impotência e o estresse. Além disso, a prática era tão velha quanto o mundo e não implicava perigo algum. Um cara de sorte a tinha tirado do banheiro e estava ganhando milhões, qual era o problema? Para outros, era imoral, rompia a unidade familiar e prejudicava a imagem do país frente ao mundo. O presidente se referiu ao tema num discurso pela televisão: *O que os gringos vão pensar de nós, que somos um bando de punheteiros?* As putas e os donos de bordéis fizeram passeatas para denunciar que a moda da punheta os estava levando à falência. O último número da *MasturArte* trazia uma separata especial com garotas fotografadas em ângulos propícios para os diferentes estilos de masturbação: tripé, transversal inclinado, *pizzaiolo*, trapezista russo etc. Projetaram-se bares para masturbadores empedernidos, e uma universidade abriu a cátedra: Masturbalogia: teoria e prática. O governo autorizou os cinemas, centros comerciais e igrejas a ter um local exclusivo para os clientes que precisassem se masturbar com urgência. O símbolo que os indicava era uma mão apertando um membro de tamanho médio. Algumas empresas deram a seus empregados vinte minutos livres para se masturbar, o tempo era acumulável. A ADPG (Associação Defensora dos Frangos Congelados) e o PCCEI (Partido Comunista de Centro Esquerda Invertido) denunciaram que a masturbação era o novo ópio do povo. Um novo ritmo chamado punheteiro invadiu as estações de rádio (dançá-lo aos pares era proibido). O Léo me ligou para dizer que a produção em série da mão mecânica se iniciara, era um alívio para pessoas muito ocupadas ou com limitações físicas, pelo menos era o que se lia no slogan publicitário. Estávamos no auge. Mandei que começasse a vender os negócios sem fazer alarde.

— Você está louco? É o nosso melhor momento!

— Claro, sei disso — disse, deixando espaço entre as palavras. — Mas me diga, quanto tempo dura uma música no primeiro lugar?

Ele me mandou uma pilha de documentos para assinar e uma relação de obrigações e impostos: a merda da legislação não parava de sugar o nosso sangue. Sentei-me ao computador a fim de fazer um último artigo para a revista; queria falar do começo: o importante — digitei com mãos indecisas — é garantir bem a porta do banheiro, nem sempre se tem tanta sorte, e, além disso, quanto tempo vocês acham que dura uma música no primeiro lugar?

Agradecimentos

Simples foi criado a partir de entrevistas feitas com diferentes pessoas, homens e mulheres, em diferentes lugares. Algumas colaborações foram particularmente importantes e eu gostaria de registrar os créditos merecidos por: Sérgio Ludtke, Caroline Chang, Marianne Scholze, Eda Tavares, Alfredo Jerusalinsky, Caren Baldo, Lívia Paes Gonçalves, Roger Lerina, Diego de Godoy, Claudia Laitano, Raquel Lages Sarinho — entre outros, que tanto colaboraram com narrativas, experiências compartilhadas, e-mails e vários dos elementos que tornaram essas histórias possíveis.

Simples foi lido por Fabiana Klein, Claudia Laitano, Luis Augusto Fischer, Fabrício Carpinejar, Ana Paula Costa, e por Luiz Ruffato. Essas leituras foram fundamentais para que o livro encontrasse, afinal, sua forma.

* José Pedro Goulart me proporcionou a idéia básica e o contexto para a novela "V1/V2", que criei a partir de um roteiro solicitado por ele. Nessa versão para *Simples*, usei apenas o que era criação minha, com exceção da descrição física da personagem feminina principal e da frase "esse sou eu".

Este livro foi composto na tipologia Stone,
em corpo 11/16, e impresso em papel
off-set 90g/m², no Sistema Cameron da Divisão
Gráfica da Distribuidora Record.

Seja um Leitor Preferencial Record
e receba informações sobre nossos lançamentos.
Escreva para
**RP Record
Caixa Postal 23.052
Rio de Janeiro, RJ – CEP 20922-970**
dando seu nome e endereço
e tenha acesso a nossas ofertas especiais.

Válido somente no Brasil.

Ou visite a nossa *home page*:
http://www.record.com.br